鉄道小説

乗代雄介
温又柔
澤村伊智
滝口悠生
能町みね子

交通新聞社

鉄道小説

もくじ

乗代雄介
犬馬と鎌ケ谷大仏 7

温又柔
ぼくと母の国々 51

澤村伊智
行かなかった遊園地と非心霊写真 97

滝口悠生
反対方向行き 143

能町みね子
青森トラム 185

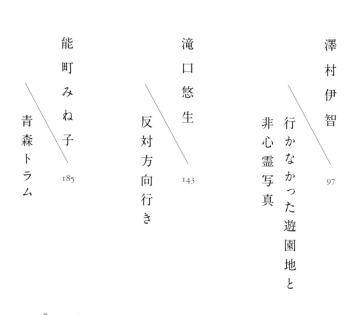

装画　えんどうゆりこ
装丁　名和田耕平デザイン事務所
（名和田耕平＋小原果穂）

鉄道小説

乗代雄介

犬馬と
鎌ヶ谷大仏

のりしろ・ゆうすけ

一九八六年、北海道江別市生まれ。二〇一五年『十七八より』で第五十八回群像新人文学賞を受賞しデビュー。一八年『本物の読書家』で第四十回野間文芸新人賞受賞。二一年『旅する練習』で第三十四回三島由紀夫賞、第三十七回坪田譲治文学賞を受賞。その他の著書に『最高の任務』『ミック・エイヴォリーのアンダーパンツ』『皆のあらばしり』『パパイヤ・ママイヤ』など。

秋へと向かう朝の散歩は快い。

でも、ペルの足取りは少しずつ重くなっている。小四の時から十五年、朝夕ほとんど毎日行っているからわかる。その間に、散歩のコースは長くなって短くなった。それでもよく立ち止まるようになって、さらに短いのに変えたのが一週間前。家を出て、駅前の踏切を渡って路地に入り、「ふれあいの森」と名付けられた小さな緑地をぐるっと回って帰る、一キロほどの短いコースだ。

木立の間をゆっくり歩いていると、すぐ向こうを走る電車の音が聞こえてくる。線路脇の細い道をつなぐこの土地は、昔は立ち入り禁止だった。やっぱり緑の中を歩かせてやりたいから、いつの間にか整備されていたと知った時はうれしかった。

問題があるとすれば、駅への抜け道であることだ。ここを抜けられるかどうかで一分は変わってくる。通勤通学の時間帯は、人がどんどん森に入って行くから、散歩の時間を少しだけ早くした。朝は六時、夕方は四時。ペルは年をとるにつれてどんどん早起きになってきたし、それ以外の時間はだいたい寝てるから、べつに困ってはいないみたいだった。

ぼくはちょっと大変だけど、ペルのためなら仕方がない。

　薄く積もった枯れ葉の上に腹這いになったペルは、舌を出して少し息を切らせている。ふと、ずっと生きていてほしいと思う。この年齢にしてはかなり元気な方だと思うし、それが誇らしい。でも、家から遠ざかった時は少し心配になる。後ろ足で立つとぼくの胸に鼻先がくるぐらいの大きさでは抱いて帰ることもできないから、コース選びは大切だ。休む時も、口がとじるまでたっぷり休む。

　何日か歩いてみてペルも気に入ったようだし、しばらくはこのコースで大丈夫だろう。余裕がありそうだから、少しだけ足をのばして、駅前の大仏まで拝みに行くことにした。

　路地を縫うようにして、鎌ヶ谷大仏駅前に戻る。もちろん、駅の名前もこの大仏からとられている。早朝とはいえ、車通りも人通りも多少はあった。

　大仏と聞けば、さぞかし立派なものかと思うだろう。でも、高さは二メートルもないし、道路から丸見えだし、後ろは小さな墓地だ。一部では「がっかり大仏」とか「小仏」とか言われているらしい。それでも、千葉県鎌ケ谷市の観光名所として紹介されている。わざわざ電車で来たらしい中年夫婦が困惑しているのを見かけたこともある。

　地域で大切にされてきたのは、お供えの花が絶えないことからもわかる。うちの家みたいにとくべつに思う人もいる。ぼくは目を閉じて手を合わせ、ペルの散歩のコース替えが上手くいったお礼の言葉を念じた。

「坂本？」

直った瞬間、声をかけられた。目を開けると、スーツ姿の男が覗きこむようにこっちを見ていた。同年代というか同級生だ。見覚えはあった。でも名前が出てこない。小学校から中学校まで一緒だった。

「国坂《くにさか》、国坂」

そうだ、国坂。たしか、野球部。

「にしても久しぶりだなぁ。オレ、めったに帰ってこないから」

国坂はうれしそうに言った。ぼくは母から聞く以外に同級生の近況を知らない。でも、ほとんどは地元を出ているだろう。

「今日の仕事、津田沼でさ。昨日、実家泊まったんだよ。そしたら、ネットが死ぬほど貧弱で何もできねぇの。だから早めに出て、どっかで準備しようと思って、そしたらなんか見覚えあるヤツが入ってったから」

「そっか」

「えらいよな、お参りなんて」

「まあ、癖みたいなもんだから」

「癖?」

　そう言いながらも、国坂は納得したような顔だった。

「坂本のアレ、すごかったもんな。小学校の時の」

「アレ?」

「町の歴史を調べようみたいなやつで発表しただろ。ほぼ坂本がやったのバレバレだったし、めちゃくちゃ盛り上がったし」

「よく覚えてるね」

「だって、高校の時だっけな? 同窓会で学校行ったら、あの紙、まだ小学校の資料室に貼ってあったぜ」

　そんなことはぜんぜん知らなかったから、さすがに驚いた。

「すごいよなぁ」

　そう言って国坂は高そうな腕時計に目をやった。それからぼくの足元を見た。

「犬がかわいそうだし、オレも電車の時間あるから、またな」

　退屈したからか、立っているのがしんどいからか、ペルは寝転がっていた。革靴で高い音を鳴らしながら短い階段を下りると、国坂は振り返った。

「その犬、小学校の時から飼ってるやつだろ。長生きだな」

「ありがとう」

「なんだっけ、そいつの名前」

「ペル」

「じゃあな、ペル」

国坂は小走りで去って行った。追いかけるように出るのも気まずくて、説明の看板を読んで時間をつぶした。ペルは足のくずれたおすわりの姿勢でそれを待っていた。


安永5年（1776年）11月、当時鎌ケ谷宿の住人大国屋（福田）文右衛門が、祖先の冥福を祈るために、江戸神田の鋳物師多川主膳に鋳造させた高さ1・8メートルの青銅で作られた露座の釈迦如来仏で、通称鎌ケ谷大仏と呼ばれています。その柔和なまなざしは、永く後世の人々に平和をさとすかのようです。


共働きの両親が朝の支度をしている中、午前九時からのファミレスのバイトに備えて少し眠る。両親が出て行った頃に起き出して、残されている朝ごはんを食べてバイトに行く。

それが、ここ数年来のぼくの朝だ。

めんどくさいから、国坂に会ったことは母には言わない。国坂くんは何の仕事をしているのとか、結婚はしてるのとか、してないなら彼女はどうなのかしらとか、そういう有益な情報を聞き出さなかったことを責められた挙げ句、情報がないまま比べられるに決まってる。ぼくが大学を卒業して就職しなかった頃から、やたらとそういうことを言うようになった。

でもぼくにとって、国坂に会えたことはべつに悪いことじゃなかった。あいつはペルのことを覚えてくれていたし、褒《ほ》めてもくれたから。

大学の頃から始めたキッチンのバイトはもう長い。貶《けな》されることも褒められることもほとんどなくなった。なにしろ誰にでもできる仕事だ。どんなにできない人が入ってきて、初日でも任せられる単純作業でさえろくにこなせずミスを連発して翌日から来なくても、誰にでもできる仕事だという思いは変わらない。自分だって、別の仕事をしたらきっと同じだ。キッチンからホールに出ただけでもそうなるだろう。だから、人のことを貶しも褒めもしない。ただ時間が過ぎるのを待っている。

バイトは三時で終わる。自転車に乗って従業員用の駐輪場を出たところで、ガラスの内側に貼られたバイト募集の文字が目に入る。いつ見ても自分の時給が書かれている。時給が上がらなかったわけじゃない。最低賃金と一緒にそれらしく上がってきた。でも、最低であることだけは変わらないから、いつも新しく入ってきた高校生と同じ時給で働いている。

家に帰ると、犬小屋で眠りこけていたペルが立ち上がってしっぽを振って迎えてくれる。ペルが元気なうちは、この生活にも張りというか、意味がある気がする。

「ちょっと、手伝って！」

玄関に入ったところで母の声が聞こえた。ぼくが帰ってくる頃には、母もパートを終えて家にいる。声を頼りに奥の和室へ向かった。

元々は祖父の部屋だったのが、五年前に祖父が亡くなって祖母の部屋になり、去年、祖母が亡くなったことで誰の部屋でもなくなった。

母は台所から持ってきた椅子の上に立って、天袋にやっと手をかけていた。

「何してんの」

「それ、入れとこうかと思って。斜めにして。入るかね」

母の立つ椅子の下には、白い立派な突っ張り棒が転がっていた。一メートル以上ある。

「納屋に立てとけばいいじゃん、そんなの」

居間や台所や風呂しかリフォームしていない古い家だから、納屋も天袋も現役だ。

「汚れるでしょ」

「もう汚れてるけど」

　ぼくはあちこち黒く掠れている突っ張り棒を見ながら言った。二階の物置の中で使ってたやつだ。Ｓ字フックとかをぶら下げて、細々したものをかけていた。

「これ、取っちゃったんだ？」

「ダメよもう。突っ張る力に負けちゃって壁がふくらんでんの。びっくりしちゃった。穴開いてたよ、あのままじゃ」

　とにかく家中にガタがきている。ぼくはしゃがみこんで、突っ張り棒を手に取った。入るかわからないけど、とりあえず一番短く縮めた。さすがに母にまかせるわけにもいかず、代わって椅子に上がる。天袋の襖を開けると、小さな不織布ケースの中に詰まった水色のタオルケットが見えた。ぼくが子供の頃に使っていたやつだ。引っ張り出すと、ぱらぱらと埃とも木くずともつかないものが落ちてきた。母に渡すと、そのまま畳に転がした。

「椅子が低くて中が見えない」とぼくは言った。「脚立、持ってきた方がいいかも」

「別に見えなくていい。入れるだけだから」

　どうせ脚立を持ってくるのが面倒なんだろう。もともと一階の納戸にあった脚立は、納戸がリフォームで居間の一部になってから、外の納屋に置いてある。中で使うには、脚も拭かなきゃならない。

見えないなりに背伸びして手を伸ばした。自然と息がとまり、顔が熱を帯びる。わりと大きい角張ったものに触れた。人工皮革みたいな手触り。引っ張り出すと、小学生の頃の習字セットだ。懐かしい、と言いそうになったところで後ろから声が飛んだ。

「出さなくていい、いい。そのままで」

同時に、突っ張り棒をぼくの体の横に差し上げてきた。ここで片付けを始めるような人間なら、この家はもっと色んなことが整理されていただろう。大昔の習字セットをここにしまっておくことに、何の意味があるのか。でも、それについてどうこう言えるようなご身分ではないから、黙って突っ張り棒を受け取る。もう一生使わない習字セットの上から奥の方に差しこんだら、一番奥でくしゃっと紙のつぶれるような音がした。

振り返ると、母は首をひねっている。

ぼくは押し入れを開けて上の段を足場にして、覗きこむだけ覗きこんだ。今置いた突っ張り棒のさらに奥の薄暗さの中に、丸まった白い模造紙が横たわっているのが見えた。切れたいくつかの輪ゴムの上に、太く広がっていた。

それは、小学校の時の発表で使ったものだった。

ペルの散歩から帰って自分の部屋で広げてみた。あの頃、何人も上に乗っかって、丸まってくる端を苦労して押さえながら肩を並べるようにして書いた紙は、四隅に辞書や雑誌を置くだけでぴんと張って、ずいぶん小さく見えた。

一番上に「鎌ケ谷市の歴史」と大きく題が書いてある。下手ではないが、子供っぽいふらふらした字で、こみ入った「鎌」の字がひときわ大きい。誰が書いたのかも覚えていない。

五年生の時、鎌ケ谷市について調べることになった。ぼくの班は町の移り変わりをテーマにしたのだった。他の班は、梨とか、日本ハムファイターズとかについて調べていた気がする。二軍の本拠地が鎌ケ谷市にあるからだ。

それにしても、高校の時点で学校に貼ってあったものがどうして家にあるのだろう。夕飯の時に不思議がると、母は、さっき思い出したんだけど、と同級生の名前を挙げた。

「小学校の時、松田さんっていたでしょう。途中で初富の方に越しちゃった。あの子が急に一人で来て、持ってきてくれたんだった」

「いつ?」

「それこそ、あんたが高校の時?」

「そんなことあったっけ?」

「あったのよ、それが。そう、あんた修学旅行かなんか行ってて」

「なんで言わないの」

「帰ったら言おうと思ったのよ、たぶん。だって、あんなところにしまうはずないし。しまわずに出しといたら、誰かが天袋にしまっちゃったんだ。まあ、おじいちゃんだろうね」

それで今日の今日まで忘れていたということらしい。

「来た時、なんか言ってた？」

「覚えてない」

ふーんと気のない返事をして部屋に戻って、そのことばかり考えた。広げたままの模造紙に目をやる。

江戸時代（中野牧の時代）
現在の鎌ケ谷市の半分くらいは、江戸幕府の馬のための牧場でした。数十平方キロメートルの広大な土地を土の柵でかこんで、そこで馬たちが自由にくらしていました。この馬のことを「野馬《のま》」と言いました。年に一度、野馬たちを一カ所に追いこんで、捕えて選別して、良い馬は江戸に送りました。これを「野馬捕り」といいます。当時の土の柵である「野馬土手」が、町のあちこちに今ものこっています。

そこには挿し絵がついている。色鉛筆で淡い茶色に塗られたけっこうリアルな馬は、松田さんが描いたもので、ちょっとした物議をかもした。

松田さんがマジックで書き終えた文章のすぐ右から描き始めた馬の頭は、みんなの予想に反して右を向いていた。それでは体が文章と重なってしまうと誰かが指摘して、別の誰かが、色鉛筆だからきれいに消せないと泣きそうな声で言った。取り返しのつかないことが起こったという雰囲気の中、松田さんは気にせず、長く持った色鉛筆を文章の方に走らせた。

「文の下に絵があったっていいじゃん」

今思えば、なんということはない。みんな、どうしてあんなにおっかなびっくり事を進めていたんだろう。そして、松田さんはどうしてそういう子供っぽい身動きのとれなさから自由だったんだろう。

結果的にその絵は、文章との重なりも含めて先生にすごく褒められた。

発表が終わったあと、よかったねとかすごいねとか、そんなことを松田さんに言った。すると、彼女はみんなが遠くにいるのを確かめてから言った。

「坂本くん、たくさん書きたいことあったでしょ。絵で埋まっちゃうともったいないから、わざとああしたんだよ」

驚いて何も言えないぼくと、目を見開くようにした松田さん。見つめ合っていたのはほんの少しの間だった。

「褒められてラッキー」

にっと笑って言う松田さんをいいなと思った。というか好きだった。たぶん、そのずっと前から。

だから、高校の時に家に来てくれたことや、今の今までそれを知らなかったことが、いつまでも頭の中をぐるぐる回った。なかなか寝付けなかった。

それでも、朝の散歩のためにちゃんと起きた。ペルの毛並みはさすがに悪くなってきている。そんな横っ腹を歩き見ながら、昔の散歩を思い出した。あの頃はいつも、くるんと巻いて立ったしっぽを後ろから見ていた。歩き方やリードの持ち方も悪かったんだろうけど、やっぱり何より元気だったから、ペルはいつもぼくの前を歩いていた。散歩のコースだって、もっと長かった。

ぼくは一つの決心をした。その日のバイトは歩いて行って、終わるとホームセンターに寄ってペットカートを買った。小型犬と大型犬のは何種類かあったけど、中型犬でも大きい方のペルにちょうどよさそうなサイズは一台しか置いてなかった。

押して帰ると、母が目を剝《む》いて「何それ」と迎えた。

「ペルを連れ回す。昔の散歩コースとか」

母はちょっと考えるようにぼくとカートを見比べると、しみじみとした口調で言った。

「まあ、今のうちに色んなもの見せてあげといた方がいいかもね」

ぼくは何も言わなかった。そういうことじゃなかった。本当に。

「にしても、そんな高そうなの買わなくても猫車があったのに。フリーターが無理しちゃって」

「猫車に犬のせて道を歩けるかよ、恥ずかしい」

「別にいいでしょう、そんなの。猫に犬のせてるなんて細かいこと気にする人いないし。だいたい、最近の若い人は猫車なんて名前知らないのよ」

そういう意味じゃない。こうして母とばかりしゃべっていると、頭がおかしくなりそうだ。


カートを買ったのは、ペルのためではなくぼくのためだ。ぼくは昔の思い出をたどろうとしている。十五年も散歩に付き合っていたんだから、たまにはペルに付き合ってもらうのだって悪くないだろう。カートには意外とすんなり乗りこんだ。メッシュの窓越しに状況がよく飲みこめていないような顔を見ると、また新たなかわいげを感じた。

「じゃあ、小学生の頃のコースを行こう」

声をかけたけど、小学生の頃なんて理解はしていないかもしれないから言い換える。

「ペルは二歳か三歳の時だな」

こういう言葉をどれくらいかけてきただろう。もちろんほとんど伝わらない。でも、ペルがそれを全部聞いていたのは本当だ。

庭を出ると、ペルは散歩だとわかって外に出たがった。疲れたら乗せることにして出してやる。カートを押しながらリードを持つのはなかなか大変だった。今、あの頃みたいに一緒に歩くには、カート一台分の苦労が必要なんだろう。年をとるのがそういうことなんだというのは、祖父母の時にいやというほど味わった。いやではなかったけど、そうなるしかないのは、やっぱりいやなことだった。

あの頃の散歩コースは、駅前の踏切を渡って東武団地調整池まで行って、住宅街にいくつかある小さな公園を巡って、また池に沿って帰ってくる、二キロ以上ある道のりだった。二キロというのは今になって調べたからわかったことだ。

外周四百メートルはある東武団地調整池は、中野牧の時代は丸山溜井と呼ばれていた。その頃も今と変わらない大きさで、野馬たちの水飲み場でもあった。発表でも、当時の地図と一緒に説明したはずだ。

　ぼくたちが毎日歩いていたあたりを、かつては馬が走り回っていたというだけで元気が出るような気がする。でも、小学校の時はそんなことは思わなかった。子供の頃には勝手に備わっていた元気みたいなものはもう失われてしまって、こうやって他からもらってこないと取り戻すことができない。

　ペルはフェンスの向こうの池には目もくれず、そしてまだまだ疲れも見せず、順調に歩いていた。電柱やポールに出くわすと、一生懸命、匂いをかぎ回る。ぼくは、ペルが昔の自分の匂いをかぎあてないものかと思って見ていた。それか、もっと大昔の馬の匂いとか。でも、それらはみんな、たくさんの人間や飼い犬によって塗り替えられていて、ペルも気休めに、今の自分の痕跡としておしっこをひっかけるだけだった。ぼくもそこに水をかけた。昔はこんなマナーもなかった。

　一つ目の公園まで行く。ここには芝生の広場があって、朝は誰もいないから、よく遊んだり走ったりした。やっぱりふたりとも元気だったんだなと思う。十五歳のペルと二十五歳のぼくは、寝そべったり座ったりしながら、そちらをぼんやり眺めるばかりだ。年老いた馬たちも、自分がかつて走り回った草原を見ていたんだろうか。

　休憩した後なのに、ペルは自分からカートに入ろうとした。ぼくが苦労して押してきているんだから、使わなければ悪いと思ったのかもしれない。なんてかしこいんだ。飼い主にかしこいと思わせてくれるから犬はかしこい。かわいいと思わせてくれるからかわいい。だから、自分の犬が一番かしこくてかわいい。

また池をかすめるようにして、二つ目の公園へ向かった。敷石の間のコケのように、住宅地のわずかな隙間に緑を詰めこんだ細長い公園だ。

ペルを乗せたカートを押して行く。狭い緑道で散歩の黒柴とぎりぎりすれちがっても、相手は何の反応もなく飼い主の足元にぴったりついていた。よくしつけられているのか、カートの中は認識しないのか。飼い主とは散歩仲間のよしみで会釈をかわした。

公園を抜けて、今度は池をぐるりと回るようにして駅前に戻る。大仏を拝んでから踏切を渡ればすぐに家だ。ペルは出たい素振りも見せないで大人しくしていた。

「楽しかった?」

母はぼくでなくペルに言いながら、頭の上から下ろした手であごを掻くようになでた。ペルは片目がふさがれたままの顔を動かしもせず、しっぽを振ってそれに応える。

「そうか、そうか」と母は言った。

ぼくはその横で、気持ちだけコンパクトになると説明されたカートをうまく畳めずに苦労していた。

「それ、毎日、散歩で使うつもり？」
母はなんだか迷惑そうに言った。
「後ろの散歩の時だけ、時々、気が向いたら」

数日後、ぼくは、自分の部屋の壁に模造紙を貼った。やることといえば犬の散歩しかない実家暮らしのフリーターだから、事ある毎にそのことを考えてしまう。大事なポイントで使われている色マジックは十四年経った今も鮮やかで、ふとした時に目を引いて、しばらくそのあたりを黙読させる。

開こんの時代
江戸幕府がたおれて明治時代になると、中野牧の開こんをする計画ができました。開こんとは、野を田畑にすることです。初富という地名は、この時、最初に開こんされたことから命名されました。二番目に開こんされたのは二和《ふたわ》、三番目は三咲《みさき》と順番通りに名前がついています。しかし、土地はやせていて、日照りの時も多く、その生活はきびしいものでした。

新京成線ができるまで

戦争の時代、津田沼に陸軍鉄道第二連隊が発足しました。陸軍鉄道第二連隊は、戦地で鉄道をつくったり運転したりするための部隊で、訓練のために、津田沼と松戸の間に演習線をつくりました。演習線というのは、線路をしいたり修理したり、運転する訓練をしたりするための路線です。戦争が終わったあと、この路線が、現在の新京成線になりました。

資料を調べるのも、文章を考えるのも、ほとんどぼくがやった。こうして読み返すのは恥ずかしい。特に「新京成線ができるまで」のところは、資料から言葉を引っ張ってるだけで、あんまり理解せずに書いているような感じがする。

でも、当時のぼくは難しいことを書けたと得意になって、発表でもそこの説明を担当した。とは言っても、ただ読んだだけだから、あんまり覚えていない。大して盛り上がりはしなかったことと、緊張していたことだけは覚えている。

「陸軍鉄道第二連隊の敷いた線路は、もともと鎌ケ谷大仏のそばを通っていませんでした」

ぼくは「ふれあいの森」を散歩しながら、ペルに説明してやった。早朝の誰もいない静かな小道、ふたりで歩く音だけがする中で、十四年前の発表を思い出しながら、もっとましな説明にしようと情報を付け足していく。

「二和向台《むこうだい》駅から左折し、大きなU字のカーブを描いたあと、直進して初富駅に着くのが、鉄道連隊の演習線のルートでした。陸軍では、運用を想定して一大隊あたり四十五キロの距離を目標にしていたので、カーブを多くして距離を稼ごうとしたのです」

昨日、わざわざネットで調べた。小学校時代の発表をペル相手にやり直して、何になるというのだろう。もう二十五なのに。同級生はちゃんと働いているのに。

「新京成電鉄新京成線の開業にあたって、二和向台駅と初富駅の二駅間をなるべく直進するように結んで、鎌ケ谷大仏の前を通る路線になりました。ぼくたちの小学校は、陸軍鉄道第二連隊の演習線と現在の路線が囲む地域の、ちょうど真ん中あたりに――」

その時、木立の向こうを朝の何本目かの電車が音を立てて通り始めた。緑の奥、家の間に、白とピンクの車両が小さく覗いた。

今まさに説明しているもの自体に邪魔されて、ぼくは口をつぐんだ。ペルは飼い主が急に黙っても気にもしないで、マイペースに歩いている。

ぼくがクラスを盛り上げようなんて、十四年かけたって、逆立ちしたって無理なんだろう。そういうことができる人は、ほんの一握りの人だけだ。

よく晴れた日だった。季節は覚えていない。差しこむ光が模造紙に反射して眩しいから、教室の前半分はカーテンが閉められていた。発表のために黒板の前に立つと、体育座りで固まっているみんなの顔がよく見えた。後ろには、寄せられた机と、ひっくり返してそこにのせた椅子の群れがあった。たくさん突き出ている金属の脚が光をためて、白く煙っているように見えた。

「鎌ヶ谷大仏駅ができたのは、一九四九年です」

松田さんは落ち着いて、自信にあふれた様子で言った。ほとんどの生徒の最寄り駅だから、みんな興味深そうに聞き始めた。退屈なぼくの発表のすぐ後ってこともあったと思う。

「それから少しして、こんなチラシが配られました」

模造紙には、郷土資料館でもらってきた紙に載っていたチラシを切り抜いて、そのまま貼りつけてあった。みんなからは文字が読めなかっただろう。松田さんは先生から借りた指し棒で文面をなぞりながら、すらすらと読み上げた。

「創立五周年記念奉仕　鎌ヶ谷大仏駅前八幡台住宅地無償分譲　八十坪の土地を只で差し上げます　お早い者勝ち」

そして、みんなをゆっくりと見回した。

「つまり、住んでくれるなら鎌ヶ谷大仏駅前の土地をタダであげるということです」

教室中から甲高い歓声が上がった。どこで覚えるのか、土地とか坪とかいうのは子供ながらにお金の匂いを感じる言葉だった。それにタダがついたらえらいことだ。

松田さんは手元のメモを見ながら続けた。

「現在の鎌ヶ谷大仏駅前付近の坪単価は約三十五万円なので――」

「ちょっと」後ろに立っていた先生が笑いながら口を挟んだ。「やめなさいよ」

笑い声と先生への抗議が一緒になって渦を巻いた。真面目な顔で暗算をしている人もいた。地価は松田さんが自分で調べてきたもので、同じ班のぼくたちも知らなかった。

「タダでもらった土地が、今は二千八百万円になっています」

他の班の発表なんて問題にならないくらいの盛り上がりだった。先生が、隣で授業やってるからと制しても、いつまでも静まらない。松田さんは声を張り上げた。

「この時の家に、今も住んでいる人がいます」

直前の興奮のためか、みんな驚きながらも教室の中は逆に静かになった。もう少し騒いでいたいように大袈裟に声を出す男子もいた。国坂とかがやりそうだ。でも、べつに無理に盛り上げる必要なんかなかった。

松田さんは腕を横にのばすと、ぴったり指をつけた手のひらを斜めにして、ぼくに差し向けた。そして、高らかに言った。

「坂本くんです」

鼓膜が破れそうな甲高い叫び声がどっと押し寄せて、一瞬、本当に何も聞こえなくなってしまったように感じた。松田さんはしてやったりの笑顔を浮かべて、ぼくを見ていた。その後ろ、模造紙の浮いたところが小さく揺れていた。

「自分が主役みたいに思えたのは、人生であの時だけだ」

ぼくはペルの背中に向かってしゃべっていた。あの時はまだ子供みたいだったペルが、今はおじいちゃんになっている。あの時は子供だったぼくは、子供のままかもしれない。

踏切を渡って家に戻る前に、また鎌ヶ谷大仏に寄って拝んだ。

チラシによると、十八戸分の区画が用意されていたようだ。応募の条件は、「すぐに住宅を建てること」、「その住宅は文化住宅街にふさわしい体裁のものであること」、「新京成電鉄を常時利用すること」の三つだった。

応募は二件しかなく、その一つがうちの家だった。

今では考えられないような条件にもかかわらず、そんな結果になった理由は簡単だ。当時の鎌ヶ谷大仏駅前で暮らすことを考えれば、それはまったく好条件と呼べるものではなかった。道路は未整備、電気は未通、他に人家は見当たらない。「文化住宅街」はいつかそうなるという夢で、そこには小さな大仏しかなかった。

夏には道も見当たらないほど草が生い茂り、買い物できる店もないからバスや電車で船橋まで出なければならない鎌ヶ谷大仏駅前で、曾祖父母と曾祖母の母の三人で暮らし始めた。不用心だからと家では番犬を飼った。すぐに祖父が生まれた。電気が通ったのは、宅地の分譲が始まった十年ほど経ってからだったという。白黒テレビは高価で買えないと言われている時、うちにはそもそも電気がなかった。やがてプロレスが人気になった。力道山の試合がやるとなると、幼い祖父は曾祖父と一緒に電車に乗って新津田沼駅まで行ったそうだ。そういう日はホームにテレビが設置されて、新京成線沿いに住む人がこぞって見に来たらしい。もちろん、電車を利用させるためだ。

発表が終わったあとで質問攻めにあったぼくは、みんなにそういう話を聞かせた。隣のクラスからも聞きに来た。心ないからかいがなかったのは、松田さんの発表が鮮やかだったからだと思う。ぼくは上手く話した。それがきっかけで、学校にようやく自分の居場所ができたような気がした。

口下手なのに上手く話せたのは、発表の前、松田さんにだけ全部話したことがあったからだ。松田さんが鎌ヶ谷大仏駅の発表の担当になった時、ぼくは、自分の家が新京成電鉄からタダでもらった土地であることをこっそり打ち明けた。口止めされていたわけではないけど、それまでは恥ずかしいことだと思って誰にも言わなかった。松田さんだから、思い切って教えたんだと思う。

松田さんは面白がって、他にもいろいろ知りたがった。でも、ぼくはそれぐらいしか知らなかった。すると松田さんは、その時はまだ生きていた祖父になんでも聞いてくるように言った。発表で使えそうだからという理由で。

「聞いてきた？」

ある日の二十分休み、トイレから出たところで、松田さんが声をかけてきた。ちょっとあごを引いて、目を見開くようにして。

みんなほとんど校庭に出払っている中、ぼくたちは誰もいない図書室の床に座って、二人きりで話をした。松田さんは興味津々で質問してメモをとり、ぼくはしどろもどろになりながら答えた。二十分休みはあっという間に過ぎた。

「おもしろいけど、全部入れられないね。土地の話だけは絶対したいから、発表はそれを中心にして、他の話はあとで聞かれたら答えればいいよ。ぜったいみんな、聞きたがるから」

だから全て松田さんのおかげだった。好きな気持ちに尊敬と感謝みたいな気持ちが混じって、ぼくはいよいよわけがわからないことになった。

松田さんが転校するとわかったのは、六年生に上がる直前だった。歩いて三十分で着くような隣町でも、学区は変わるから転校しなければいけないらしい。

あの発表のあと、ぼくと松田さんが面と向かって話をする機会はずっとなかった。でも、転校の前にお別れ会があって、最後に、みんなが一列に並んで、一人ずつ松田さんと話す時間がつくられた。サイン会みたいに、机を前にして椅子に座っているところに進み出ると、松田さんは結んだ口で笑みをつくって、ぼくを見上げた。

「坂本くん、発表、覚えてる?」

「うん」

とぼくはうなずいた。覚えてるに決まっている。

「あの時、野馬土手って調べたでしょ。あれ、新しい学校の裏とか、近くの公園にあるんだ。だからさ、時々、あの発表のこと思い出すと思う」

松田さんはなんだかうれしそうだった。ぼくは心からうれしい気持ちにはなれなくて、もう一度、今度は声を出さずにうなずいた。もっとそのことを話せばよかったのに、ぼくはみんなが言っていたことを真似するだけだった。そんなありきたりな言葉だからこそ、今でもはっきり覚えていて、思い出すたびに自分がいやになる。

「新しい学校でも、元気でね」

住宅街の狭い道で、電線修理の車が作業していた。

「工事中だ」

とカートの中のペルに声をかける。

「隣の道、通ったことあったっけ。まあ、たいていの道は通ったから大丈夫か。べつに通ったことなくてもいいし」

ぼくはペルとの散歩の時に一番よくしゃべる。ペルがバイトの同僚だったらいいのにと思う。中学入学から高校卒業まで歩いたこのコースは人のいない広い道が多くて、こんな風にたくさん話しかけたものだ。

中学になると、三歳になろうというペルは、これまでの散歩コースでは体力をもてあますようになってきた。そこで、朝はそんなに時間がないから今まで通りにして、夕方の散歩を長くしてやることにした。そのために、ぼくはほとんど出なくてもいいパソコン部に入った。塾や予備校へ行く前にペルの散歩をすませた。

どうしてそこまで散歩を優先させていたのかは自分でもわからない。ぼくはなんでもペルの散歩と比べるようなところがあった。部活も受験勉強も、ペルの散歩より優先すべきことではなかった。試験前だろうがゲームにハマろうが見たいテレビがあろうが、ペルの散歩には絶対に行った。ペルと一緒にこの町を歩くのが好きだった。ぼくが高校を卒業する時、ペルはすでに老犬と呼ばれる年だったけど、足腰が丈夫だったんだろう。おかげで、ずいぶん一緒に歩くことができた。

　ちょうど小学生の下校時間で、ランドセルを背負った子供たちが連れ立って歩いている。カートの中に犬がいるとわかると、声をかけ合って喜んだ。みんな、引っ越した松田さんと同じ学校に通っているはずだ。これは、その学校の方まで行って戻るコースだから。

　中学に上がってこのコースに決めた時、もちろん松田さんのことを考えていた。はじめのうちは、その角から飛び出してくるんじゃないかって期待もあった。でも、毎日歩いているうちに、期待はしぼんで失望に変わり、やがてその失望さえなくなった。他の同級生には道で何人も会ったけど、松田さんには六年間で一度も会うことがなかった。また引っ越したのかもしれなかった。同窓会にも行かなかった。修学旅行に行っていたからだけど、引っ越した松田さんは来ないと思っていたし、もともとあんまり行く気はなかった。

　その小学校の裏には野馬土手が、校庭を囲うように残っている。そのすぐ外側を通る道へ入ると、ペルがそわそわし始めた。

「覚えてるのか」

　ぼくはペルを出してやった。車も入れない細い道は、カートだけでいっぱいになる。カートを前、ペルを後ろにしてゆっくり歩く。ペルは控えめに地面の匂いを確かめていて、懐かしんでいるようにも見えた。

土手が途切れたところにある裏門から誰もいない校庭を見通せる。松田さんは六年生の一年間をここで過ごして卒業したはずだ。それは、野馬がこのあたりで過ごしていたのと同じくらい、遠い過去のことに思える。なにしろ、この道をペルと散歩していた時でさえ、ぼくにとってはずいぶん昔のことなのだから。

まだ野馬土手が続いている道を途中で抜けて、学校を回りこむようにして進んだ。おしっこをした後、歩こうとしないペルをカートに戻した。あの野馬土手沿いの道だけは歩きたくなったのかもしれないと思ったら涙がにじんできた。ぼくもあの道を一緒に歩くのが好きだったから。

少し行って、大きなマンションの下の公園に入って休憩するのが決まりだった。その頃も遊んでいる子はあんまりいなかったけど、今日も人の気配がなかった。

ペルをカートから出してやると、いつも座っていたベンチのあたりに自分で向かったので、ぼくはまた泣きそうになる。飲み皿のついた給水ボトルで、あの頃のように音を鳴らして水を飲んだ。

このベンチの後ろにも野馬土手がある。正確には、野馬除《よけ》土手だ。馬が村に入らないように牧とを隔てる土手を野馬除土手、野馬捕りをする時などに馬を誘導するために使う土手を勢子《せこ》土手といって、その二つを合わせて野馬土手という。発表の時は区別していなかった気がする。

　ここでは土手が柵で守られて、説明の看板も立っていた。その一部にはこんなことが書いてある。

「明治以降の開墾や近年の開発に伴って、牧遺構は消滅の一途をたどっている。なかでも、かつては牧周辺ならどこでも見られた野馬除土手は急速に消滅してしまった」

　野馬土手は、馬がいなくなればほとんど利用価値がない。どんどん均してしまった方が不便はない。

　でも、どんなものにも記憶が宿っている。人が生きているかぎりは土手にも宿る。馬も、犬も、家も、電車も、みんな同じだ。

　初めてこの野馬除土手を見つけた時、松田さんが家の近所にあると言っていたのはこれのことだとわかってうれしかった。一年以上前の発表のことを昨日のことのように思い出した。距離もちょうどいいし、散歩の折り返し地点として毎日来るようになった。六年経つとペルが弱って来られなくなった。それからまた七年経った。

　ぼくとペルは懐かしいその公園にしばらくいた。老犬にしても、休憩には少し長い時間だった。国坂に会うんなら、松田さんに会ったっておかしくない。そんなことも、少しだけ頭をよぎった。

「松田さんが、あの発表の紙を持ってきてくれたんだ」

ペルにぎりぎり聞こえるぐらいの声でぼくはつぶやいた。ペルの耳が少し動いた。

国坂はあれが学校に貼ってあったと言っていた。それを持ってきてくれたということは、松田さんは同窓会に来ていたんだろう。みんなであの発表のことを思い出して、それならばと松田さんが持って帰ることになったのかもしれない。ぼくの話も出ただろう。そして、松田さんは一人でぼくの家まで来た。

「一人でだぞ?」

松田さんも、あの発表のことを何か話したかったんじゃないだろうか。話して、色々なことを思い出したかったんじゃないだろうか。だって、あの模造紙には、ぼくと松田さんしか知らない記憶が宿っているんだから。

帰り道、ペルを入れたカートを押していると、一人で歩いていた小学生の男の子に話しかけられた。五年生ぐらいだろうか。彼は何十メートルも遠くにいたところから、カートの中におすわりして天井から顔を出しているペルから片時も目を離さないで、まっすぐ向かってきた。

「歩けないの?」

男の子は声変わりのしていない高い声で言いながら、ペルを指さした。

「歩けるけど、すぐ疲れちゃうんだよ。おじいさんだから」

「これ、高い？」

と言ってカートを触った。

「高いよ」

「いくら？」

「一万五千円」

「うちの犬もいつか年取ったら買おうかな。大きさも同じくらいだし」

ちゃんと聞いていた。しかも仲間だ。

「犬、何歳？」

「四歳。何歳？」

「十五歳」

「長生きだね。名前は？」

「ペル」

「うちのはテッペイだよ」

「テッペイ」

「ペルのこと、なでていい？」

「いいよ」

ペルはカートから出ようとはしなかった。でも、天井のカバーを開けたら自分から顔を出した。男の子は拳のにおいを嗅がせてやってから、あごの下を、それから頭をなでた。ペルはされるがままになっていた。まんざらでもなさそうな顔だった。人なつっこい方ではないけど、慣れた手つきに安心したのだろう。

「大人しいね」

「いつかあげようか」

とぼくは口走っていた。男の子はびっくりしたように顔を上げた。白黒させた目を、心配そうにペルに下ろした。

「ペルじゃない、カート」

男の子はほっと息をついて、照れたように笑った。

「よかった」

「当たり前だろ」

ぼくは笑った。子供はおかしいと思った。自分もおかしかったのだろう。今も子供なら、今もおかしいんだろうか。確かに、勘ちがいさせるような言い方をしたのはぼくの方だ。

こっちはいつか使わなくなるし、そっちはいつか使うかもしれない。もちろん、そんなことは言わなかったし、ちゃんとした約束もしなかった。でも、いつか本当にそんな時がきて、この町のどこかで大きくなった男の子と年をとったテッペイにすれちがったら、ぼくはちょっと待ってろと言って、どうせ納屋に突っこんであるカートを走って取りに行って、ためらいもなくやってしまうだろう。そうしたら、ふたりはまた遠くまで行ける。今、毎日そうしているように。

別れ際、ペルはカートの天井から顔を出して、しばらく男の子を見ていた。

夕方の散歩を「ふれあいの森」へ行くコースで済ませた時は、ペルが帰り道を逸れるようにリードを引くことが増えた。昔みたいに引っ張るという感じではないけど、懐かしい感触だった。時々の遠出が、ペルに元気を与えているのかもしれないと思ってうれしくなった。

その日も、駅前の通りに出たところでもう少し歩きたがった。そうは言っても少し歩いたらすぐばててしまうから、せいぜい百メートルくらいだ。でも、ペルの気持ちは、十年前にもう一キロぐらい歩きたがって踏ん張っていた時と変わらないのかもしれない。

「仕方ないな」

口ではそう言いながら、ぼくの気持ちだって一キロ歩いた時と変わらない。なるべくペルの好きなようにさせてやりたいというだけだ。

そんな時、鎌ケ谷大仏はありがたかった。

土地のことがあって、うちではずっとこの大仏に感謝してきた。曾祖父母は不便な生活で苦労しながらも、厚く信仰していたという。他にすがるものもなかったからかもしれない。祖父は、大した金もかからず土地をもって長らく平和に暮らしているのは、大仏様のおかげだと子や孫にくり返し、出かけるたびに必ずお参りしていたそうだ。祖母も祖父の言うようにした。父からはあまり信仰心は感じないけど、小さい頃からの習慣で前を通れば手を合わせる。母は、一人だとやらないとぼくに洩らした。ぼくもめんどくさがってきたけど、あの発表以来、散歩で通りがかるたびに拝むようになった。今もこうしてペルの散歩の調整役になってくれるのだから、慕ってきた甲斐もあるというものだ。

ペルと一緒に前に立って、手を合わせる。いつからか、ペルが長生きしますようにと念じるようになっていた。風が吹いて耳をくすぐった。

「坂本」

直った時にかけられた言葉は、風のせいで少し遠く聞こえた。声と状況に覚えがあって、見るとまた国坂だ。この前と同じようにスーツを着ている。シャツのボタンは開いていた。

「マジでいっつも拝んでんな」

「仕事帰り?」

「いや、土曜だし」

土曜だって仕事の人はいるだろう。でも、曜日の感覚がない自分が情けなかった。

「今日は別の事情でさ」

国坂はなぜか照れくさそうに言って後ろを振り返った。無意識に視線を追うと、離れた入り口のところに誰か立っている。その顔は風に吹かれた髪と添えた手で隠れていたのに、ぼくの心臓は高鳴り、息が止まった。

手が離れると、彼女はぼくを見て微笑んだ。

「わかるか?」

隣の国坂の声が遠い。もちろん背も伸びて、少しふくよかになって、髪型もちがう。でも、誰かをちゃんと見つめる時に見開くような目元はぜんぜん変わらない。

「松田さん」

「すげえ」

国坂は小さな声で言うと、松田さんに向かって愉快そうに声を張り上げた。

「覚えてたわ!」

大人になった松田さんがいっそう笑って小走りして来るのを、ぼくは不思議な気持ちで眺めた。ゆるい坂を上る一歩ごとにヒールの音が響いた。

「なんで？」

とぼくはつぶやいていた。国坂に言ったわけではなかったけど、国坂は答えた。

「いや、実は結婚すんのよ。オレら」

驚いてから、もともとそんな予感があったような変な気分になった。なんとなくペルを見た。しっかりした分厚い耳。ぼくは笑いをまじらせた顔を上げて言った。

「おめでとう」

「うお、ありがとう」

「おめでとう、松田さん」

ちょうど階段を上ってきた松田さんにも言った。

「あ、聞いた？　めちゃくちゃ懐かしいね、坂本くん」

「うん」

「今からオレの親に挨拶行くとこでさ。相手が松田だってこと、まだ言ってないんだよ。小学校の時しか知らないから驚くだろうな」

「顔合わせとか気まずすぎるよね。ＰＴＡでちょっと揉めてたし」

「揉めてた？」

　なんとか会話の中にいようとして言った。

「うちのママ、六年になったら役員するみたいな約束でずっと断ってきたらしいんだけど、ほら、うち、六年に上がる時に引っ越したでしょ？」

「それでオレの母ちゃんがまた会計やる羽目になってさ。いまだに時々言うからなぁ」

「でも、パパも言ってたじゃん。顔合わせは土下座から入ろうって。その節は申し訳ありませんでしたって」

　もう松田さんの家には挨拶に行っているらしい。ぼくは、松田さんが両親のことをパパとかママとか呼んでいたのを思い出そうとして、思い出せなかった。大人になってそう呼び始めることもないだろうから、あの時からずっとパパママなのだろう。

「いろいろあるんだなぁ」

　ぼくはバカみたいにぼんやりと言った。実際、ここ最近のことを思い返すと、まるでバカみたいだった。いつから？　もしかして同窓会の時？　なんて自分のしゃべるセリフを考えてみたけど、それもバカらしくなってやめた。

　ＰＴＡのことを話し続ける国坂の横からふいに離れて、松田さんはベルの前にしゃがみこんだ。そういうところは変わっていないように思えて、少しだけ胸のつかえがとれた。

国坂は急に話をやめて、ぼくと一緒に松田さんを見るように体の向きを変えた。

二人は結婚するんだ、とぼくは思った。

松田さんはいつもしょぼくれたように見えるペルの顔をじっと見つめた。ペルも戸惑いながらではあったけど、まっすぐ立って見つめ返している。ぼくはそんなペルを頼もしく思った。

「近くで見たの初めてだねぇ、おまえのこと」

と松田さんは言った。

「近くでって？」

思わずぼくは聞いた。

松田さんはペルの背中に手をやって、ゆっくりなでながら言った。

「坂本くん、中学とか高校の時、うちのマンションの下の公園によく来てたでしょ。この子連れて」

驚きと喜びで目まいがした。リードをしっかり握りしめた。

「上から見てたよ。水あげてるのとか。時々だけど」

野馬土手のことを、発表のことを言おうとした。あの模造紙のことも。でも、言葉が出てこない。せっかく持ってきてくれたのに。

「やばい、時間」

ペルの鼻先で手首の内側に向けた小さな腕時計を確認して、松田さんが言った。

「平気だよ、うちの親は」

「あんたがよくてもわたしはダメ。最初の印象が大事なんだから」

「最初じゃないけどな」

「最初みたいなもんだよ、十何年も経ってたら」

広げかけた模造紙が一瞬にして丸まってしまうように、ぼくは口をつぐんだ。松田さんはペルをなでていた手を控えめに払うと、ペルとぼくをつないでいる赤いリードのあたりを見ながら言った。

「元気でね」

松田さんは国坂に腕を支えられるのを邪魔そうにしながら階段を下りた。手を振る二人が並んで石塀の陰に消えて、ぼくとペルが小さな大仏の前に残された。説明にある「柔和なまなざし」というのを見上げると、視界の底で、少し萎れた花が風に揺れた。

その昔、このあたりじゃ馬が自由に駆け回っていた。そこら中に土手があった。そのうち大仏ができて、馬がいなくなった。何度も戦争していた頃は、兵隊さんが線路を敷いたり引っぺがしたりした。戦争が終わると、その線路が新京成電鉄になった。大仏の前にも駅ができて、駅前の土地をタダでもらった人間が家を建てた。その家では何人も子供が生まれて、何匹も犬を飼った。ぼくもお前もそのうちの一人で一匹だ。ぼくらが一緒に暮らす間に、電車が何万本も行き交った。ぼくは好きだった子と同じ班になってこの町の昔について調べた。野馬土手が少しと大仏が残るこの町を、ぼくらは一緒に散歩した。好きだった子がそれを時々上から見ていた。彼女は同級生と結婚する。

いつの間にか、風がやんでいた。二人とは逆方向、駅前の方に歩き出す。

みんな、今より先のことを考えながら生きている。昔のことをいつまでも考えているのはぼくだけかもしれない。昔は前を急いで歩いていたペルが、今はすぐ横をゆっくり歩いている。ぼくは、ペルがいなくなった先のことは何も考えられない。ぼくの今より先はだんだん短くなって、未来が狭い。

「明日は、大学の頃のコースへ行こうか」

かけた声は警報機の音で遮られた。ペルは聞き返すみたいにぼくを見上げた。踏切が閉まって車が列をなしていく。見慣れた電車が通り過ぎるその音は、昔と何も変わらない気がする。でも、きっと何かがちがっている。

参考・引用文献

鎌ケ谷市郷土資料館編『鎌ケ谷市史　資料集17（近・現代 聞き書き）』鎌ケ谷市教育委員会、二〇〇八年
鎌ケ谷市郷土資料館編『高度経済成長と鎌ケ谷』鎌ケ谷市郷土資料館、二〇一三年
白土貞夫編著『新京成電鉄　駅と電車の半世紀』彩流社、二〇一二年
白土貞夫『ちばの鉄道一世紀』崙書房出版、一九九六年
新京成電鉄株式会社 社史編纂事務局編『新京成電鉄五十年史―下総台地のパイオニアとして―』新京成電鉄株式会社、一九九七年

温又柔

ぼくと
母の国々

おん・ゆうじゅう

一九八〇年、台湾・台北生まれ。両親とも台湾人。幼少時に来日し、東京で成長する。著作に『真ん中の子どもたち』（集英社）、『空港時光』（河出書房新社）、『魯肉飯のさえずり』（中央公論新社）、『永遠年軽』（講談社）、木村友祐との往復書簡『私とあなたのあいだ　いま、この国で生きるということ』（明石書店）、編著『李良枝セレクション』（白水社）など。近刊に『祝宴』（新潮社）。

そろそろ調剤の受付が終わる。今日最後の患者となる処方箋の内容を確認していたら氏名欄に、黄、とあって、おっ、と思う。中国や台湾の人らしい姓の患者はいるが、この苗字だけは特別だ。いまは横山と名のっているが、ぼくの姓もかつては黄だったのだ。ぼくは、コウ、と言っていたけれど処方箋のフリガナ欄には、ファン、とある。ファンさん、と呼ぶと待合室の片隅にあるプレイコーナーにいた女性が立ちあがる。その傍らには三歳ぐらいの男の子が這いつくばって遊んでいた。薬の効能と使用法について説明していると、ママ？　とその子がキョロキョロし始める。我在这里（あたしはここよ）、と彼女はうしろを振り返る。ママなんでそこにいるの？　とその子は納得しない。稍等一会儿哦（ちょっと待っててね）と母親が言い聞かせても、なんで？　と男の子は繰り返す。ぼくは薬の説明を中断して、こっちにおいで、とその子に笑いかける。スミマセン、と男の子の母親が謝る。ぼくたちの方に向かって、男の子はよちよちと歩き出す。その右手に、緑色のミニカーが大事そうに握られているのにぼくは気づく。いや、よく見たら自動車ではなく電車のミニチュアだ。母のそばに辿り着いた彼に、デンシャ？　と訊《たず》ねると、デンシャジャナイヨ、と即座に否定される。ぼくが目を見はると、ヤマノテセンダヨ、と男の子はぼくを教え諭すように言うのだ。その一連の様子があまりに愛らしくてぼくは笑ってしまう。そうだねデンシャじゃなくてヤマノテセンだよねえ、と言うとやっと男の子はぼくを認めてやるといった表情になる。小さな山手線を片手に握る息子に向かって、いい子だからママがこのお兄ちゃんとお話しするのを少しだけ待っててね、と彼の母親はふたたび中国語で言い聞かせる。

「息子さん、日本語も中国語もどっちもすごく上手ですね」

「ええ。この子のパパ、日本人だから。あたしはつい、母国の言葉も使っちゃうけれど、この子のパパは日本語しか話せないので」

ぼくは男の子の母親の日本語も褒めたくなったがやめておく。国民健康保険に加入している人が、これぐらいの日本語が話せるのはべつに不思議ではない。日本語しかできない日本人と結婚しているなら尚更だろう。

一時間後、ぼくは遅番の同僚たちに挨拶して帰り支度する。

夏至が近いこの季節は好きだ。午後七時近くなっても、空が明るい。明日は休みというのも加わって、ぼくはいつもよりも気楽な気分でゆったりと歩く。高架の上を東急池上線が通過する様子を見上げるともなく見上げていたら、デンシャジャナイヨ、ヤマノテセンダヨ、と言っていた男の子の声が蘇る。

　ぼくがあの子と同じ年ごろだった頃、日本は電車がとても便利なんだ、と父はぼくや母に教えたのだった。電車って何？　とぼくが訊ねると父は少し考えてから、大きな大きな乗り物だよ、と言った。バスよりも？　とぼくがさらに訊ねると、ああそうだね、と父は機嫌よく笑って、何台ものバスを繋ぎ合わせてうんと長くした乗り物が電車だよ、と言った。日本に行ったらぼくも電車に乗れるの？　と言うぼくの頭を思い切り撫でながら、もちろんさ、と父は言った。

　いま思えば、その頃のぼくは、まだ日本語を知らなかった。電車を、デンシャ、ではなく、diàn chē、と中国語で呼んでいた。ところが、それからわずか数年もせずにぼくは日本語ばかりを喋るようになった。だから父や母が台湾の親戚たちに向かって、huì bǐ shòu だの sè gǔ だの言っているのが聞こえてきたときも恵比寿や渋谷の話をしているのだとはわからなかった。

　ぼくたちの一家が恵比寿に住み着いたのは、劉《りゅう》さんの影響が大きい。劉さんは父の知人の中では誰よりも早く日本で商売を始めた人だった。台湾にいた頃は面識がなかったものの、「同胞」の父が、自分を頼って訪ねてきたことを面倒見のいい劉さんは歓迎した。その劉さんが家族と住んでいたのが恵比寿だった。劉さんは元々、米国人のビジネスパートナーと起業した会社の事務所がある広尾で住居も探そうとしたそうだ。ところが、台湾語が堪能な華僑——戦前に福建省から渡ってきてそのまま日本人になったという話だ——の不動産屋に、広尾よりも日比谷線で一駅隣の恵比寿の方が手頃な物件が多い、と勧められた。一九八〇年生まれのぼくが生まれる数年前のことで、恵比寿はどちらかといえば渋谷や広尾の隣にある住宅地と思われている頃の話である。

劉さんにその不動産屋を紹介してもらって、父はその日のうちにやはり恵比寿のアパートを案内された。路地を一本挟んだすぐそこが線路のため、電車が通過するたびに気になるかもしれないと思ったが、南向きの角部屋で日当たり良好なのだと不動産屋はしきりに強調するし、何よりも初老の大家が夫婦揃って台湾や台湾人に非常に好意的なことがよかった。日本のことは右も左もわからない妻や幼い息子を住まわせるなら、こういう環境がいいのだろうと思い、父は契約することにした。まだ、恵比寿ガーデンプレイスのある場所にサッポロのビール工場があって、山手線の車窓からは、積み上げられた瓶ビールのケースやビヤステーションの看板が見えた頃のことである。

覚えている。車両を再利用した「電車のレストラン」に行くよ、と父に言われてぼくはその日を指折り楽しみにしていた。そのビヤステーションでぼくと母は、劉さん夫妻や、蔡《さい》さん、郭《かく》さん、陳《ちん》さんの家族と知り合ったのだ。全員が台湾人だった。

こうした顔ぶれで、その後も頻繁に集まった。台湾語しか話さないマダムが営む台湾料理屋を借り切ったこともあったし、ボウリング大会やカラオケ大会もやった。

劉さんの奥さんをはじめ、日本で仕事をする亭主の女房として自分と似た境遇の女たちと異郷で暮らす不自由さと気楽さを嘆いたり称えたり、情報交換できるのは母にとって貴重な機会だったし、ぼくも蔡さんや陳さんの家の自分と同じ年ごろの子どもたちと遊べるのは楽しかった。


一度、父が、劉さんや蔡さん、陳さんと日本に帰化することの是非について侃侃諤諤《かんかんがくがく》と語らっていたこともある。あまりお酒に強くない父は、その日に限ってとても酔っ払ってしまい、心配した劉さんにおんぶされてやっと帰宅できたのだった。

結局、父は仲間たちの誰よりも早く帰化を選んだ。

それは、なんと言ってもぼくのためだった。台湾人の男子には兵役の義務がある。しかし日本の国籍を持っていれば、台湾の国民として兵役につかなくていい。むろん、そのためには台湾の国籍を手放さなければならなかった。大したことじゃないよ、と父は言った。

——国籍なんか、所詮、紙きれみたいなものだから意地を張るのはよそう。

意地も何も、父が帰化を決意した時期たった十三歳だかそこらだったぼくには、そのことの是非を考えるほどの知識はなかった。母も、台湾人から日本人になるという父の決断をあっさりと受け入れていた。むしろ、ちょっと面白がっていた。

――あたしが日本人だなんて、父さんが笑うわね。

祖父は、笑いはしなかった。戸籍上の名が「横山淑恵」になったと報告すると、ヨコヤマヨシエ、ヨシエ、ヨシエ……と何度か呟き、

――悪くない名前だね。

と言った。

母の名は「燕淑（Yàn shū）」から「淑恵（ヨシエ）」になったわけなのだが、ぼくは姓が「横山」になった後も「勇輝（ユウキ）」という名のままだった。

ビヤステーションやボウリング場で父親や母親同士が盛り上がっている間、よく一緒に遊んでいた蔡さんの娘は、ぼくが日本国籍になったことをひどく羨ましがっていた。父親たちの目を盗むように、あたしもホンモノの日本人になりたいなあ、と彼女は言う。ホンモノの日本人、という表現がおかしくてぼくは笑った。

――ぼくらがニセモノの日本人だってこと？

――そうだよ。だってあたし、こないだも名前を言った途端、失礼ですが外国の方ですかって。帰化って、普通の名前に変えられるんでしょ？　それがすごく羨ましい。

普通の名前ってなにそれ、とぼくが言いかけるのを遮って、すごくわかる、と同意したのがやっぱり昔からこういう会があるたびによく一緒に遊んだ陳さんの娘だ。

——あたしも名前を言ったとたん、日本人じゃなさそうだって思われるんだよね。

——そう。こんな名前だけど日本生まれなんですよ、って説明しなきゃいけないの、ほんとめんどくさい。

——辛いよね。考えてみたらあたし、子どものときから自己紹介とか、すごい苦痛だった。チンガレイ、って口にしたとたん、変な名前だって絶対思われるんだもん。

——あたしも自分の名前、好きじゃない。ケイクン、なんてさ。なんで台湾だと、君、が女の子っぽいのか全然意味わかんないし。

雅玲と惠君。

母曰く、台湾ではどちらもありふれた名前らしい。しかし彼女たちは台湾ではなく日本で育った。ぼくは二人の幼なじみがそうやって嘆き合う傍らで、自分が彼女たちのような苦労をせずに済んだのは、勇輝、という名前のおかげかもしれないと気づかされたのだった。なにしろ、ユウキ、という響きは最初から日本人っぽかった。まあ、字面が少々勇しすぎて、名前負けしてると自分では感じるのだけれど。

ホンモノの日本人。

高校生になってぼくは惠君ちゃんと雅玲ちゃんが言っていたことを実感した。中学の頃までは、勇輝ってひょっとしてガイジンなの？　と訊《き》かれたことがあったのに横山と名のるようになってからは一度もそんなふうに訊ねられなくなったのだ。出身地の話になって台湾生まれだと言うと大抵驚かれた。大した情報じゃないと自分では思っているのに、おまえって実は国際派なんだな、と感心されたりした。一見、どこにでもいそうな凡人に見えるぼくが、日本人ではなかったという事実は、周囲の人たちにとってはなかなか興味深いらしいのだ。大学生になって第二外国語に中国語を履修したときは、発音がネイティブ並みだと褒められた。

——もしかして、子どもの頃に台湾に住んでいたこととかある？

講師からそう問われてぼくは、自分が以前は台湾人だったことを打ち明けた。そのときも、惠君ちゃんや雅玲ちゃんたちと話していたときに浮かんだ、ニセモノの日本人、という表現がよぎったのだった。おまえももっと日本社会に腹を立てるべきだよ、と叱られたこともあった。

——そもそも、帰化ってのは、制度による同化への強要なんだからさ。当然知ってるだろう？　おれらが中学生の頃までは外国人登録証を作るときには指紋登録が義務だったんだよ。外国人を、犯罪者予備軍みたいに扱ってたんだぜ。いまも日本って国の仕組みが、おれたちみたいな大日本帝国の旧植民地出身者の末裔にとっていかに歪んでいるのか、もっとおまえも知るべきなんだよ……

確かにぼくは、あまりにも勉強不足だった。そのときになってようやく、酒にはめっぽう弱いくせにめずらしく深酒をして劉さんに背負われて帰宅した日の父の心境をわずかに想像し得たのだから。

父が日本国籍を取得したからというわけではないはずだけれど、いつからか劉さんたちとのボウリング大会やカラオケ大会は行われなくなった。となると、台湾人を親に持つ幼なじみたちとぼくも次第に疎遠になった。そうこうしているうちに、ぼくらの親睦会の会場の一つだったボウリング場は潰れたのだった。時代の波に乗れなかったのだろう。跡地にはこぎれいなビルが建っている。

蔡さんと陳さんの娘である惠君ちゃんや雅玲ちゃんだけでなく、郭さんのところの姉妹や、劉さんの末の息子のことを久々に思い出してしまう。台湾人の親がいる共通点を持つぼくの幼なじみたちも、いまやほとんどが四十歳前後だ。

惠君ちゃんは福岡の大学に進学し、現地で就職したあと職場結婚をしていまも九州にいるらしい。雅玲ちゃんは大学在学中に台湾ではなく上海に留学し、それでは飽き足らず、卒業後は北京に行ってそこで出会った日本人と結婚していまは関西にいるという。郭さんのところの長女は日本の高校を出てすぐに帰国子女枠で台湾の大学に進学し、次女の方は逆に台湾の高校を卒業すると日本の服飾か何かの専門学校に通って再び台北に戻った。ぼくたちよりもずっと年上だった劉さんの長女はアメリカで日本文学を教えているという話だ。

早々と一家で日本を離れた郭さんのところはもちろん、いまでは、劉さんも蔡さんも陳さんもみんな台湾に戻っている。

そこまで考えて、日本の、それも、ここ東京にずっと住み続けているのは、ぼくと母ぐらいなのかもしれないと気づく。

東京を離れなかったのは、たまたまそういう機会に恵まれなかっただけだ。進学や就職、転勤あるいは転職……考えてみれば人生の岐路にあたるそうした出来事を、ぼくはすべて東京都内で済ませてきた。

東京は便利だ。何もかもが揃っている。幸い、いまのぼくは多くを望まなければ、よほどのことがない限り、食いっぱぐれることはないだろう。それだけでも、薬学部を出ておいてよかったと思っている。思えばぼくは中学生の頃までは医学部を目指していたのだった。

おまえは賢い子だ、そんなに賢いなら医者にもなれるな、と冗談めかしながら父はよく言っていた。それもいいかもな、なあ、母さん、この子が医者になったら自慢じゃないか、と言って目を細める。母が、勇輝はもともとあたしの自慢の子よ、とまぜっ返す。おれの子でもあるだろう、と母に言い返してから父は話を戻す。

――おれのような商売人になるよりは医者の方がよっぽど徳のある仕事だよ。

口ではそう言うものの、父が自分の仕事を誇りに思っていることは、幼いぼくにもよくわかっていた。それでも父が言うならと、ぼくお医者さん目指すよ、と言った。すると父さんは、おまえは素直ないい子だ、とまたしても目を細めながら頭を思い切り撫でてくれる。そして、いやべつにいいんだよ、と言い直す。

――母さんの言う通りだったよ。おまえはいまだって十分、おれたちの誇りだ。医者になんかならなくてもいいんだ。おまえはおまえのやりたいようにやれ。おれは、おれの息子が歌手になると言い出したって反対はしないさ……

幸い、ぼくはひどい音痴だった。

いいお父さんよね、と芽衣《めい》は言っていた。あたしもあなたのお父さんみたいな父親に恵まれていたら最初から安心して役者への道を進むことができたのに、とおどけながら。

芽衣には、父さんも一度だけ会ったことがある。芽衣の方が、ぼくの両親に会っておきたいと言って聞かなかったのだ。母がぼくに黙って芽衣の出演しているテレビドラマを父に見せたところ、なんだ主役じゃないのか、とがっかりしていたらしいし、ぼくが芽衣に会ってほしいと頼んでも、忙しい人だろ、わざわざ連れてこなくていいよ、と言っていたのだが、やはり母によれば父はその日を指折り数えていたようだ。

——きみが、あの。ああ、あなたがそうなの。あなたのことはわたしは知ってますよ。うちの勇輝と仲良くすること、嬉しいよ。ほら、たくさん、食べて。勇輝のお母さんのお料理は、レストランの味だからね……

ぼくの両親と会った日、どんな大御所の俳優と顔を合わせるときよりも今日が一番緊張した、と芽衣は言っていた。

——あたし、あなたのお父さんの話す日本語の響きが好きよ。

その半年後に突然執り行われることになった父の葬儀で芽衣は始終必死に涙を耐えていた。父の訃報を告げたとき、芽衣はぼく以上に動揺していた。

——嘘だよ。だって、また会いましょう、これからとてもたくさん会いましょう、ってお父さん、あたしに言ってくれたばっかりだよ……

父が、芽衣に向かってそんなふうに言っていたとは。これからとてもたくさん会おう。確かに、父らしい言い方だと思った。その父が満面の笑みをたたえている写真の前で、忙しいあなたまでわざわざ来てくれたのね、と母に肩をさすられながら芽衣はポロポロと涙を流した。演技ではああはいかないわよね、と母も後日感嘆していた。

――いろいろ事情はあるんだろうけど、極秘結婚するなら反対しないわよ。テレビ局とか来ても余計な話をしないから安心してよ。

ぼくが芽衣と知りあったのは、彼女がまだ無名の頃のことだ。進級を懸けた定期テストに挑んだ直後の朦朧とした頭で高校時代の友人に誘われて、芽衣が出ていた芝居を見た日のことはよく覚えている。会場は狭く、舞台に立つ役者たちの息遣いがわかるほどだった。芽衣は主役を演じていたのではなく、その友だちの一人という、どちらかといえば地味な役どころだった。それでも徹夜明けで夢うつつだったぼくは、華やかな顔立ちのヒロインよりも芽衣の方にすっかり見とれてしまった。一目惚れみたいなものだ。その後、紆余曲折を経て、芽衣は長年付き合っていた映画監督だか脚本家を目指していた恋人と別れ、芽衣の熱烈なファンである二十近くも年上のテレビプロデューサーからの求愛も振り切って、ぼくの元にやってきた。芽衣がぼくと親しくなることを望んだのは、ごく平凡なぼくの人生の中で唯一と言ってもいい華々しい出来事かもしれない。ところが、芽衣をぼくに出会わせてくれた友人は、ぼくが芽衣とそういう仲になってもあまり驚いていなかった。

――芽衣が嘆いてたんだよね。なんで男って虚勢を張って偉ぶる奴ばっかりなのって。ギ、ヨ、ー、カ、イ、の人とばっかり付き合うからそういうのに当たりがちなんだよって笑ったら、じゃあだれかいい人紹介してよ、なんて言うからさ。真っ先に勇輝が浮かんだ。だって、虚勢を張って偉ぶるの対極みたいなタイプでしょ。それであの日、あんたを誘ったんだよね。芽衣なら勇輝の好みだろうなとも思ってたし。大当たりでしょ……

「映画狂」の恋人と別れると、芽衣はぼくのアパートに時々泊まるようになった。いっそ引っ越してこようかな、と囁かれたときはさすがにドギマギした。しかし芽衣は本気なのだった。ちょうどアパートの賃貸契約の更新が迫っていたので、ぼくは同じ武蔵小山でもう少し大きめの部屋を借りたいと思っていると芽衣に伝えた。すると芽衣は、じゃあ一緒に借りようよ、と軽やかに言うのだ。二人で不動産屋を訪ねて選んだ2DKのアパートに暮らして半月ほど経った頃、芽衣はある映画のオーディションで主役にこそ抜擢されなかったが、ヒロインの幼なじみを演じることになった。そして、その映画への出演がきっかけで徐々に実力が認められるようになり、テレビドラマにも時々出るようになった。

脇役を巧みに演じる役者として名が売れてくると、芽衣の事務所の薦めでぼくらは東五反田にあるオートロック付きのマンションに引っ越した。そして、そこでもう九年半も暮らしている。来年の七月になれば、ぼくたちはおそらく何度めかの賃貸契約を更新するのだろう。

——あんたたち、ほんとうは極秘入籍してるんじゃないの？　母さん、ベラベラ喋ったりしないから教えてよ。

母は冗談めかしてよく言った。実は、ぼくと芽衣は一度、婚姻届を提出する寸前まで行ったことがある。芽衣が言うには、ぼくらが正式に付き合うようになってちょうど十年目に当たる年の、ぼくの誕生日が近づいた頃だ。

――正式に、夫婦になるのには良いタイミングじゃない？

しかしぼくは、芽衣が苗字を変えたくないことを知っていた。芽衣は、いいのよ、と言った。

――どうせ、紙の上だけの話でしょ？

それなら、とぼくは閃いたのだ。ぼくが芽衣の姓になればいい。婚姻後の夫婦の姓は、夫のものではなく妻のものでもよいのだから。ところがぼくのその提案に、ほかでもない芽衣が強く反対したのだった。

――何言ってるの。ユウちゃん、一人っ子でしょ？　あたしのせいでユウちゃんが横山じゃなくなったら、あなたのお母さんに申し訳ない。

――うちの母親なら、べつに気にしなくていいよ。それにおれ、横山の前は黄だったんだし、また姓が変わったって問題ない……

――だからよ。ユウちゃんのお父さんがものすごく苦労して黄さんから横山さんになったのに、ユウちゃんがそんな簡単に横山をやめるなんて絶対ダメだよ。

横山をやめる。奇妙な言い方をすると思った。紙の上だけの話、と言う割には芽衣は頑固なのだった。そうなってくるとぼくの方でも、元々そうすることに気が進まなかったはずの芽衣に苗字を変えさせることに抵抗を感じる。話は平行線のまま、ぼくの誕生日は過ぎ、その半年後の芽衣の誕生日も過ぎ、ぼくらは結局、入籍する上で最良のタイミングを逃してしまったのである。

そんなふうに、正式な夫婦にはなり損ねたままであるものの、ぼくと芽衣はずっと仲良くやっている。少なくとも、ぼくはそう感じている。母も、最近では、ぼくらの結婚についていちいち訊ねてこなくなった。母の方からそういう話が出てこなければ、ぼくからは特に言うことはない。変わらずに元気にやっている。それだけ伝わっていれば、まあ十分だと思っている。もちろん、ぼくの方も母には元気でいてほしい。ちょうどそんなことを考えていたら、母からの着信があって、驚いてしまう。

「ユウちゃん、今日はもう仕事終わった？」

母は奇妙に弾んだ声で言った。

「話したいことがあるの。近いうちに、王媽媽的水餃《Wáng mā mā de shuǐ jiǎo》でも食べに来ない？」

＊

　次の日、早速、母に会いに行くことにした。平日の午前中にしては、五反田で乗り込んだ山手線の車内は混み合っていた。本数が減ってるらしいのよ、と芽衣が言っていたのを思い出す。みんな、どこに行くのやら。きっとぼくもそう思われている。

　母のマンションのエントランスで部屋番号を押すと数秒ほど待たされてからやっと、早かったのねえ、と母の声が聞こえてくる。昔、うっかり鍵を持って出かけるのを忘れたときは、母にぶつぶつ言われながらこうやってオートロックのドアを開けてもらっていたのだった。高校生の頃は体を鍛えたくて一気に階段をかけ上ったこともあった。体力が有り余っていたのだ。いまはそんなことしない。エレベーターの扉が四階で開くと、タイミングを見計らったかのように奥の部屋のドアも開いて母が顔を出す。豚の角煮でも煮込んでいるのだろう。一時間ほど前に朝食を食べたばかりなのに、玄関に一歩入った途端、旨そうな匂いに食欲がそそられる。居間の方に進んで行くと、ボウルいっぱいの具と皮が置かれたテーブルが目に入った。

　ぼくや父がいた頃でさえ三人で囲むにはやや大きすぎるこのテーブルを、母は相変わらず重宝している。

母は、もうかれこれ四半世紀ほど、都内各地のカルチャーセンターで台湾の家庭料理の作り方を教えている。

母が、講師募集、という張り紙を最初に見かけたのは、まだぼくが小学生の頃だった。その頃、ぼくたち一家は土曜日の夜と日曜日の昼は必ず外食した。一週間に一回ぐらい母さんも休まなきゃね、と父は言ってぼくらをあちこちのレストランに連れて行ってくれたのである。ぼくは渋谷の東急デパートに行くときが一番嬉しかった。新幹線を模した皿にのせられたハンバーグや海老フライ、ケチャップライスが大好きだったのだ。お子様ランチだなんて日本人は面白いことを考えるのね、と母も父もすっかり感心していた。そうやって週末ごとに家族で通ったレストランの入っているデパートの一つに、のちの母が週に数回入り浸ることになるカルチャーセンターの教室はあった……語学、芸術、料理などの得意技を伝授くださる方を歓迎します……得意技、という日本語が妙に心に残ったと母は言う。数年後、帰化という大仕事を無事になし終え、さらに子ども——ぼくのことだが——も高校生になって以前ほど手がかからなくなり、母は突然、その張り紙を思い出す。軽い気持ちでデパートに行ってみたら、講師はまだ募集中だった。

母が「得意技を伝授する」ことには、父も大いに賛成していた。

——きみが、日本人の主婦たちに中華文化を伝えるなんてすばらしい。

母自身はそんな大それた使命感を背負っているという調子でもなかったのだが、来日以来、スーパーで手に入れられる材料を駆使しながら故郷の味を可能な限り再現して父を喜ばせようと努力してきた母の「得意技」は、母自身の想像を越えて歓迎された。台湾を作って食べよう、と銘打たれた母の料理講座は一時期、キャンセル待ちが相次ぐほどの人気が出た。センター長の薦めで、戸籍名である横山淑恵ではなく台湾人だった頃の名である王燕淑と名のったのも功を奏した（夫婦別姓がなかなか認められない日本と違って台湾では婚姻によって姓を同一にする必要はないから、父と母は日本に帰化する以前は別姓だったのだ）。

ぼくが大学に入ってあまり家に寄り付かなくなると、熱心な生徒さんの何人かに請われるまま、応用編、と称して、当時はまだ独特のルートを頼らないと手に入れにくかった米《ミー》酒《ジウ》や醤油膏《ジャンヨウガオ》、五香粉《ウーシャンフェン》などをふんだんに使って、より本場らしく味付けする「秘訣」を教えることもあった。ぼくも母のことを王老師《Wáng lǎo shī》とか王媽媽《Wáng mā mā》と呼ぶ奥さんたちに何度か会ったことがある。

このテーブルは、そんな母のために父がその頃に新調したものだ。

ぼくはふと、母の「古巣」だったカルチャーセンターが入っていたデパートが閉店したというニュースを思い出す。母とちがってぼく自身はそのデパートには長年行っていなかったが、なくなるとなれば寂しく思ったものだ。しかし、あれは、いつのことだっけ？ひょっとしたら母がわざわざぼくと話がしたいと言ってきたのは、この家で本格的に自分の教室を開くと決意したからかもしれない。

母ならあり得る。

そんなことをあれこれ思いながら餃子を包んでいると、台湾に帰ろうと思ってるの、と母は言った。海外旅行がいよいよ解禁されるというニュースがよぎる。コロナが流行する以前、母は年に少なくとも二、三回は台湾に帰っていた。高齢の祖父の顔を見るためだ。それが今年の旧正月も祖父の誕生日も、母は台湾に帰り損ねていた。コロナ対策として、台湾政府が観光目的での外国人の入国を厳しく制限したためだった。母は日本国籍なので、当然、台湾では「外国人」として扱われる。しかし最近になってようやく、台湾でも一般の外国人の入国制限を緩和しはじめたと、確かにぼくもニュースで見たばかりだった。よかったね、とぼくは母に言った。

「二年ぶりになるってことだよね。いつ行くの？」

母はすぐ答えてくれない。妙な間のせいか心配になって、もしかして祖父ちゃんになんかあった？と聞き直す。祖父は、先日の誕生日で九十一になったところだ。

「いまのところね。でも、この先、何があるかわからないでしょ。だからあたし、父さんが少しでも元気なうちに、台湾に帰ることに決めたの」

ぼくは餃子を包むのをやめる。要するに母は、いままでのように、ちょっと台湾に行ってくる、のではなく、永遠にそちらに帰ると言っているのだ。

「本格的に日本を引き払うってこと？」

「そういうことになるわね」

「てっきり母さんは、これからもずっと日本にいるものなのかと思ってたよ。いつも台湾から戻ってくるたび、日本の方が落ち着くと言ってたし……」

母は、ぼくが包み終えた餃子の入ったバットを受け取る。ぼくはそのまま母の後について、かつて父とぼくに向かって、ここはあたしの部屋よ、と宣言したキッチンの中へと進む。ザルに、さっと水で洗った香菜がたっぷり置いてある。湯を沸かしながら母は続ける。

「帰ろうと思えばいつでも帰れると思って安心してたのよ。でも、この二年で身に染みたわ。いざというときに、すぐ台湾に飛んで行けないのは困る」

その通りではある。

「伯父さんたちにばっかり、老親のことを任せてられないでしょ」

祖父は、母の兄である伯父夫婦と同居している。思わず、母さんも舅舅《伯父さん》たちと住むの？と聞くと、まさか、と母は呆れたようにぼくを見る。そして、あんたの父親が遺したものをどうにかすればあたしにだってマンションぐらいは買えるのよ、と言うのだ。

「幸い、あんたはとっくに自立していて、何にも心配いらないでしょ」

そう言われるとやや複雑な気持ちにもなる。ぼくが黙ったまま沸騰したお湯に餃子を入れていると、あたしに可愛い孫でもいたんなら日本がもっと名残惜しかったかもしれないけどね、と母が呟く。ぼくが口ごもっていると、冗談よ、とにんまり笑った母に肩を抱かれる。

「前から言ってるでしょ。母さんはね、あんたさえ幸せなら十分なの。あたしの息子は幸せ。そうでしょ?」

ぼくの肩を抱くために少し背伸びをしなければならない母の体が、以前よりもまた小さくなった気がして、ぼくは不意に何かが込み上げてくるのを感じる。

――リ、チマア・マ・ホオミヤア。シボ(あんたはいまも幸せ。そうでしょ)?

ぼくは、ママ、リイ・ネ? と訊き返したくなる。

(母さんも幸せだよね?)

しかし、機会を逸してしまう。すると母はさらっと切り出した。

「それで、この家も売ろうと思ってるの。あんた、買わない?」

「え?」

母は、安くするわよ、と大真面目な顔で言うのだ。

＊

午後からは雨の予報だったが、まだ傘は必要なかった。雨が降り出す前に帰るべきかと少し悩んだが、結局、駅の西口改札の前を素通りする。山手線に揺られれば五分ほどで五反田に着く。しかしよほど忙しいときでなければ母の家に寄った日のぼくは、散歩も兼ねて歩くことが多かった。目黒方面に向かう道はいくらでもある。ぼくは線路沿いの緩やかな勾配の坂道を登り始める。この道沿いに、かつてボウリング場があった。その脇を通り過ぎるときボウリング場に併設されたカフェの一角を陣取って、あたしたちは台湾人なのよ、と蔡さんや陳さんの奥さんたちを前に激励する調子で言っていた母の様子を思い出す。

——たとえ、子どもたちに何と言われようと、日本人みたいにやらなければとか、日本人のようにならなくちゃとか、そんな気負ってばっかりでどうするの。あたしも、あんたたちも台湾人なのに……

グン・シ、ダイワンラン（あたしたちは台湾人）。

母の口調には迷いがなかった。

考えてみればあの頃の母は、いまのぼくとさして変わらない年ごろだった。

――気がついたらあたし、あなたのお父さんよりも十歳も年寄りになってしまった。

父は五十五で亡くなった。母はちょうど五十になるところだった。あれから十五年の月日が流れて、六十五という年齢になった母が台湾に帰国することを決めた。ちょっと日本に長くいすぎたわね、とも母は言っていたが、来日時に三歳だったぼくがいまは四十二歳なのだから、母の「ちょっと」は、考えてみたら三十九年にも及ぶのである。

母のように、四十年近くも異国で暮らすのはやはり特別な体験なのだろう。たとえばある日本人が、アメリカ、いや、他のどんな国でもよいのだけれど、どこか外国で、十年ほども暮らしたと言われたのなら、海外生活が長かったんだな、と思う。母は、その四倍もの時間を、生まれ育った台湾ではなく、この日本で暮らしてきたのだ。そこまで考えてからようやくぼくは、母はずっと台湾人のままだったと気づかされる。ぼくは坂道の途中で立ち止まる。フェンス越しの恵比寿駅のホームに内回りの山手線が入ってくるところだった。銀色の車体に緑色のラインが入っている。あの車両になったのは、いつの頃だっけ？昔は緑色一色だった。デンシャ、と初めて耳にしたときのことが蘇る。

――坊やは、デンシャが好きなのねえ。

日本に来たばかりの頃、この坂道をよく父と母と歩いた。坂道を登りきって、少し行くと鉄製の青い跨線橋があった。ぼくはそこで、線路の上を行き来する電車にいつまでも飽きずに目を凝らした。当時はまだ目新しかったステンレス車両の山手線が通ると父も母も、めずらしいのが来たね、と声を弾ませた。でも、ぼくが一番好きだったのは、緑色一色の旧車両だ。そうやって家族で電車を眺めていたら、通りすがりの婦人に話しかけられたことがあった。

――あたしの孫もデンシャを見るのが大好きなの。坊やもそうなのね。

まだその頃は日本語がほとんどわからなかったぼくと母に、あとで父が教えてくれた。

――デンシャ、は、電車を意味する日本語なんだ。

だからぼくが初めて覚えた日本語は、デンシャ、なのだ。幼稚園に通う前のことなので、ユウキ、ではなく、まだ、yǒng huī、と呼ばれていた頃のことである。ぼくが、yǒng huī、だった時間はとても短い。コウ・ユウキ。幼稚園の頃からずっとそう名のり、中学三年の二学期から苗字が、ヨコヤマ、になった。

日本国籍を取得し、家族揃って渋谷区役所まで帰化届を提出したあと、食事をしていたときのことだった。父が、次は家だな、と言った。ぼくと母は顔を見合わせた。

――ぼくらも、いよいよこの国の人間になったんだ。家ぐらいは、あった方がいい。

それから半年もせずに、ぼくらは元々住んでいたところから徒歩で五分ほどのところにある新築のマンションに引っ越した。父は、玄関の表札に「横山（黄）」と入れた。そこでぼくは中学三年から大学一年までの約五年間を過ごした。武蔵小山で一人暮らしをするためにぼくが出て行き、父がいなくなっても、母は一人でそこに住み続けてきた。だからぼくも、母が恵比寿にいるのは当然だと思いこんでいた。あの母が、恵比寿から、東京から、日本から、いなくなるかもしれないなどとは、想像してみたこともなかった。台湾に帰る、と口に出してぼくは言ってみる。なんとなく他人の言葉のように思える。もちろん、たぶん、多くの日本人が抱く以上の親近感をぼくは台湾という国に対して抱いている。それでも、ぼくにとっての台湾は、帰る、と言うよりは、行くところなのだと思う。母とは違う。それからぼくは、日本もそうなのだろうと気づく。ぼくにとっての日本と母にとっての日本は決して同じではなかったのだ。

——あたしが日本人だなんて、父さんが笑うわね。

そう言う意味では、同じ台湾人ではあっても母と祖父にとっての日本も、きっと同じではなかったのだろう。

覚えている。七歳か八歳にはなっていたぼくの顔を見たとたん、オジイチャントヨンデゴラン、と祖父が日本語で話しかけたとき、ぼくは祖父が普通の日本人みたいな話し方をすることに驚いた。父と母は飛行機代を節約するために、来日して最初の三年間は台湾への里帰りを断念した。その間に日本の小学校に通い出したぼくは、久々に訪れた台湾に到着して数時間もせずに、伯父や叔母、いとこたちの前では、思っていたほどうまく中国語が喋れないことに気づいた。伯父が、勇輝はこのまま日本人になってしまうのかねえ、と言ったときもすぐには中国語が出てこない。口ごもるぼくを庇うように、

——そうね。そうかもしれないわねえ。だってうちのユウちゃん、いまではこの子の母親や父親よりも日本語が上手なぐらいなんだから。

と母が言う。

——そういうものかねえ。でも、おれは日本語がてんでわからないからなあ。甥っ子と言葉が通じないのは寂しいから、勇輝、頼むから中国語も忘れないでくれよ。

台湾では日本語が通じない。そう思っていたのに、祖父だけでなく、祖母も少しなら日本語が話せる。いや、少しどころか、ぼくの耳には母や父が話す日本語よりも、より日本人らしく聞こえるのだ。

子どもの頃はもちろんそれほど深く考えなかったけれど、ずっとあとになって、同じ台湾人なのにある時代までの人たちは日本語を喋らされ、続く時代の人々は中国語を喋らされたのは、戦争やら独裁政治やらのせいなのだと知ると、ぼくを日本語で迎えてくれた祖父や、日本語はできないと中国語で呟いていた伯父の顔が浮かんでくるのだった。これ

ももちろんあとで知ったのだが、母の父方の祖父――むろん、ぼくの曾祖父にあたる人だ――は三人いた息子の中でも特に優秀だった祖父を、いずれは東京へ留学させようとしていたらしい。しかし日本が戦争に負けて、それどころではなくなった。

キシャ。

声が、蘇る。あれは、僕が小学校三年生の夏休みのことだ。ほんとうにあたしも行かなくていいの？　と何度も訊ねる母に祖父は言った。

――おまえもユウちゃんも、連日、年寄りに付き合わされたら退屈するだろう。汽車ぐらい、自分たちだけで乗れるよ。

母の傍らでぼくは、キシャ、ではない。デンシャ、だと思うが、いちいち祖父の日本語を訂正はしなかった。

――それに、おまえよりもおれたちの方がよっぽど日本語ができるんだぞ。なあ、母さん。

あの日、祖父母は二人だけで出かけて行った。

ところが半日後、祖母は一人だけで帰ってきたのだ。

――あの人ね、あたしを置き去りにして、自分だけさっさとキシャに乗り込んだのよ。

新橋駅で、渋谷行きの銀座線に祖父は足早に乗り込んだ。ふと気づくと、傍らにいるはずの祖母がいない。発車ベルを聞きながらホームにつながる階段を大股で駆け降りるとき、いつの間にか差がついてしまったのだ。そういえば雑踏の中で、あなた、あなた、と呼ぶ声を聞いた。慌てて窓の方を見やると、ホームを小走りで駆けている妻の姿が見えた。そこで祖父は、慌てて電車を降りる。ところが祖母の方は、下車する自分の夫の姿を全然見ていなかった。祖母が一刻も早く祖父に追いつかなければという一心で、発車寸前の車両に飛び乗った瞬間、電車の扉は閉まる。

そうやって、祖父母ははぐれてしまったのだった。

せっかく間に合ったはずが、車両のどこにも夫の姿がないので祖母はいよいよ青ざめた。もちろん携帯電話などない時代のことである。よほど困り果てているように思われたのだろう。不安げに車内をうろつく祖母に、どうかなさいました？　と声をかける人がいた。親切そうな三十代ぐらいの若い女性である。祖母は初め、なんと答えたらいいのかわからなかった。するとその人は、お婆さんはどこに行くところですか？　と丁寧な口調で繰り返した。祖母は、娘の家、と言いかけて、ハンドバッグをまさぐる。母が祖父母宛てに書き送ったエアメールの封筒が入っていた。日本国東京都渋谷区恵比寿……という部分を指差したらその人はほっとしたように笑ったという。

——それなら、この電車に乗って終点の渋谷まで行けばいいのですよ。そこから山手線に乗り換えれば、お婆さんの娘さんのお家がある恵比寿には一駅で着きます。

そのように説明されて、祖母は確かに今朝の自分たちはそうやって銀座まで向かったのだったと思い出す。恵比寿からなら日比谷線を使えば乗り換えることなく銀座に行けると母は伝えたのだが、祖父はどうしても銀座線に乗ってみたいと譲らなかった。祖父は、銀座線には特別な思い入れを抱いていた。学校の先生が上野駅のプラットホームの写真を載せた新聞を見せながら日本初の地下鉄が開業した日のことを教えてくれたのをいつまでも覚えていたのだ。そのせいで、こんなことになってしまった。祖母は急に腹立たしくなってくる。そして、祖父のことは放っておいて、一人だけで先に恵比寿へ帰ろうと心に決めたのだ。銀座線で終点まで揺られた後、祖母は再び、通りすがりの親切な人に助けてもらって無事に山手線の乗り場に辿り着く。そのプラットホームで、

えびす

というひらがなを祖母は見つける。エビス、と思わず口に出してしまったと祖母は言う。それは、しぶや、という文字の左隣にやや小さめの文字で書いてあった。あの親切なお嬢さんが一駅で着くと言った通りだと安堵する。たまたま辿り着いたのが、ちゃんと内回り

の山手線のホームだったのだから、祖母は運がよかった。一駅過ぎたら、原宿にいたということがなかったのだから。恵比寿駅ではまたハンドバッグから母のエアメールを取り出し、どこに向かえばいいのか駅員に教えてもらった。

——日本人って、みんな本当に親切ね。

母は、祖父の方がまだ帰ってこないことにオロオロとしたが、いいのよあんな人、と祖母はそっけなかった。

——あんな自信満々なんだから、心配なんかしなくていいわ。そのうち、帰ってくるでしょう。

——でも、きっと父さん、母さんのことを探し回ってると思うの……

そのとき、ソファーの横で電話が鳴った。ぼくが出た。モシモシ、ではなく、燕淑、燕淑、と母の名を呼ぶ声が聞こえる。母がぼくから受話器を奪う。

——父さん？　父さん、いま、どこにいるの？

母を遮るように、切羽詰まった調子で言う祖父の声が受話器から漏れてくるのがぼくにも聞こえた。

——母さんが、母さんが、いなくなったんだよ！

祖父は、祖母が引き返してくるかもしれないと思って、新橋のホームにしばらくの間いたという。それが全然戻る気配がないので自分も渋谷まで行き、公衆電話を探した。祖母とちがって、母のエアメールを持っていなかった祖父はぼくたちの家の電話番号を電話帳で探したらしい。幸い、渋谷区恵比寿に住む父と同姓同名の人物はいなかったのでどうにか見つけられた。

その後、何年にもわたって祖母は日本を旅行した話題に及ぶたび、祖父に置いて行かれたと言っては夫を睨み、祖父のいない銀座線の中でどれだけ心細かったかと物語仕立てで話す。最後には必ず、青ざめていたあたしを助けてくれた親切なあの女の人には心から感謝しているのよ、と祖母は言った。

――名前ぐらい聞いておけばよかった。いまからでもお礼をしたいぐらいだわ……

実はぼくも中学生のとき、渋谷で祖母と同年代の女性に話しかけたことがある。塾の帰り、すぐ山手線には乗らずルーズリーフでも買い足そうかとデパートの中にある文房具屋に立ち寄ったときのことだ。その人は両脇に荷物を置きながらいかにも不安そうな表情で壁に凭れていた。待ち合わせでもしているのだろうか、と初めはあまり気にしなかった。ところがぼくが当時発売されたばかりの電子手帳に心引きつけられてその見本品を長々といじったあと、予定通りにルーズリーフを買い足したあとも、その人はまだ同じ場所に立っていた。その心細そうな様子を横目で見やりながら、祖父とはぐれて銀座線の中で途方に暮れた祖母の様子をふと連想する。あのう、と声をかけてみると、彼女は一瞬、目を見張る。急に話しかけられて警戒したのだろう。ぼくは、驚かせてしまってすみません、と謝ってから、何かお困りなのかなあと思ってつい、と言う。

——いいえ、ねえ。ちょっとくたびれただけなの。なにしろ人が、人がこうあまりにも多くてねえ……

中学生だったぼくは、一瞬、彼女がほんとうに祖母のようにどこか外国から来た人なのかと思った。当時のぼくは、テレビの中を除けば、東京の人が話す日本語しかほとんど聞いたことがなかったのだ。しかし、祖母とちがって、彼女はれっきとした日本人だった。

——声をかけてくれてありがとうねえ。少し休めたし、そろそろ、帰ることにするわ。

そう言いながら、両脇の荷物を持ち上げようとする。ぼくは暇だったのもあって、手伝いましょうか、と申し出る。あらまあ、と彼女は再び目を見張る。どこに行くんですか、と訊ねると、菊名、と彼女は言った。まだ、みなとみらい線が開業する前のことで、東急東横線のホームが地上にあった頃のことだ。

——いいえ、あたしが菊名に住んでいるんじゃないのよ。法事があって、先週末、東京に来たの。末の娘が菊名にいるから泊めてもらってね。まだ孫は小さいし、娘も婿も忙しいから手を煩わせたくなくて、こうして一人で買い物に出かけてきたんだけれど、こんなに人が多いんだもの。楽しいと言うよりは、もうくたびれるばっかりで、都会なんかもう懲り懲りよ……

普段はどこに住んでいるんですか、訊いてみると、秋田だと言った。そんな彼女が、故郷の友人やご近所さんのためにデパートで買い込んだものの詰まった紙袋をぼくは改札の手前で返す。その肩越しには、横浜方面から到着した乗客と入れ替わるように桜木町や元住吉行きの東急東横線に乗り込む人々の様子が見えた。この時間帯なら各駅停車ではなく急行に乗っても菊名まで座って行けるだろう。ぼくから荷物を受け取ると、助かったわ、と両目を細める。

——あなたと話せてよかったわ。東京の人は冷たいと思ってたけど、あなたみたいな子もいるのね。きっと、ご両親も良い人たちなんでしょうね。

まさか、そんな褒め方をされるとは思わず、ぼくはこそばゆくなる。菊名の娘夫婦のところに帰ってゆく彼女を見送ったあと、ぼくは祖父とはぐれて銀座線の中で一人青ざめていた祖母に声をかけずにいられなかった女性のことをしみじみと思い出した。そして、言葉がまるで通じない異国で迷子になったのなら、祖母はあのときもっと不安だっただろうと考えた。幸い、祖母は自分に話しかけてくれた人の言葉を聞き取れるだけでなく、自分でも話せた。いや、それだけでない。祖母は日本語を読むこともできた。渋谷で、えびす、というひらがなの文字を見つけて、運よく内回りの山手線に乗って一駅で帰ってこられた。

——おまえよりも、おれたちの方がよっぽど日本語ができるんだぞ……

祖父も、母も、同じ台湾人なのに。なんてややこしいのだろう。こうして考えれば考えるほど、台湾や台湾人って、実に複雑だ。

——いまも日本って国の仕組みが、おれたちみたいな大日本帝国の旧植民地出身者の末裔にとっていかに歪んでいるのか、もっとおまえも知るべきなんだよ……

あの頃、ぼくはよく考えた。知るべきことを、知らないままでいられるという状態は、幸と不幸のどちらなのだろう。知らないままでいる方が楽でいられるとしても、知っておかなくてはならないことはある。それに、楽でないことは、必ずしも不幸ではない。そんなことをつらつらと考えるうちに、いつの間にか、家の近くまで辿り着いている。

＊

ただいま、と聞こえてきたと思ったら、

「わあ、お母さんのところ行って来たのね」

芽衣が声を弾ませながらキッチンをのぞきこむ。ぼくは、母がタッパーに入れて持たせてくれた惣菜を温め直しているところだった。お腹減ってる？　と尋ねると、お母さんの角煮が食べられるんならもっと減らしておけばよかった、と芽衣は上機嫌に言う。油葱酥《ヨーツォンスー》なるエシャロットの根本と皮を刻んで揚げたものと一緒に煮込んだ豚の角煮は、芽衣の大好物なのだった。ご飯もちょうど炊き上がるところだった。

食事をしながらぼくは、芽衣に聞かれるがままに、今日、母と話したことについてぽつぽつと話す。芽衣は、お母さんが台湾に帰ったらユウちゃん寂しくなるね、と呟く。子どもじゃあるまいし、と苦笑をしながらぼくは、あたしに可愛い孫でもいたんなら日本がもっと名残惜しかったかもしれないけどね、と母が言っていたのを思い出し、なんとなく口ごもる。

――ユウちゃんも、三十年後はああなるのかな？　うん、きっとああなるんだろうな。あんなお父さんに育てられたんだもん。ユウちゃんも、絶対、いいパパになるはずだ。

父と会った日、芽衣は言っていた。その芽衣が三十九歳の誕生日を迎えた日に、子どもを持つのは諦めた、と宣言したのだ。

――でも、ユウちゃんは男だし、全然間に合う。あたしと別れれば、これからいくらでも可能性がある……

ぼくは芽衣と一緒にいたかった。子どもはいらないとはっきり考えたことはなかったし、芽衣と暮らし始めた頃はどちらかといえばいつか欲しいと感じていた。でも、それは芽衣との子だからだ。自分の子が欲しいからといって芽衣と別れることなど、ぼくには考えられなかった。ぼくにとっては、子どものいない人生以上に芽衣が自分のそばにいない人生の方があり得ない。だからぼくは、結局、孫の顔を見せるという「孝行」を母にしてあげられなかった。しかし母は、ぼくが芽衣と幸せに暮らしているならそれで十分だと強調した……たとえ結婚はしてなくてもお父さんだってあの世であんたが芽衣ちゃんといまも仲良く一緒にいるのを喜んでいるはずだわ……ならいいのだけれど。ぼくは、芽衣が母の角煮を旨そうに頬張るのを見ながら、このままで十分幸せなのだと自分にまた言い聞かせたくなる。それからいまになって、あなたのお父さんの話す日本語の響きが好きよ、と芽衣に言ってもらえたことが妙に尊く思えてくる。父や母の日本語は、いわゆる日本人らしい日本語とは異なる。それは、あくまでも日本語が上手な台湾人の日本語なのだ。でも、息子のぼくからしてみたら、二人の声を通して聞く日本語もなかなか悪くないものに思える。いやむしろ、母や父のような日本語を話す人と出会うとぼくは嬉しくなるぐらいなのだ。

逆に、台湾の従妹たちに言わせると、ぼくが話す中国語はあまり台湾人らしくなくて、どことなく日本人訛りに聞こえるらしい。

——勇輝の中国語って、お祖母ちゃんの話してた中国語みたい。

――ほんとだ、似てる。

――そうでしょ？　あたし、ずっと前から思ってたの。

従妹たちにそう言われたのは、祖母が亡くなって最初の清明節――台湾のお盆にあたる時期のこと――のときだ。その半年前に行われた祖母の葬儀にぼくは参列できなかった。国家試験を控えていたのだ。母も、お祖母ちゃんはあんたの事情がわかってるはずよ、とぼくがその年の受験を諦めて台湾に行く必要はないと言ってくれた。祖母亡き後の伯父の家で、祖母の遺影を見た途端、涙が止まらなくなった。伯父夫婦に従妹たち、それに祖父も見ている前で、おいおいと泣くぼくの背中をさすりながら、

――まったくもう、そんなに泣いて。自分の父親が死んだとき以上じゃないの……

母の口調がやけに明るかったせいで、ほかのみんなが笑う。ぼくは、異国で突然夫に先立たれた母を労っていた祖母の姿をまた思い出して、ますます泣けてくるのだ。

その日、伯父の運転で山の方にある祖母のお墓参りをした。祖父は一緒にこなかったので、日本語が通じる人は母しかいない。だからぼくも道中はずっと中国語を使った。台湾に行ったのは数年ぶりだったし、第二外国語の単位を履修以来、中国語とはご無沙汰だったにもかかわらず、話そうと思えば、それなりに話せるものだなと我ながら思っていた。もちろん、伯父や従妹が辛抱強く理解しようと努めてくれたおかげもあるけれど。そんな

ぼくの中国語が祖母の話す中国語と似ているという話は新鮮だった。

――そうかあ、ぼくの中国語は日本人っぽいのか。なら、祖父ちゃんもだよね。

従妹たちにそう言うと、んーどうかなあ、などと首を傾げ始める。運転席の伯父もこちらを振り返り、

――おまえたちのお祖父さんは、中国語を喋らないもんなあ。

と言う。

――そうよね、父さんったら、なんの意地を張ってるんだか、中国語もわかってるくせに、台湾語でしか返事をしてくれないものね。

母が言うと、昔からそうだったね、と伯父も笑った。

ぼくも、祖父自身が言うのを聞いたことがある。

――おれたちは台湾人なんだから、台湾語が通じる者同士でわざわざ中国語を話す必要はないだろう?

そのわりには祖父は、ぼくとは日本語で話したがったのだ。

父は六十に届かず世を去ったが、祖父は九十を越えた。

だれが、どれぐらい生きられるのかは本当にわからない。母が、いま、祖父のもとにいることを望む気持ちが急によくわかる。いま、を、逃して後悔しないために母は台湾への

「帰国」を決意したのに違いない。

——ちょっと日本に長くいすぎたわね。

あの母のことだから、数年後には再び、やっぱり日本の方が落ち着くわ、とこちらに舞い戻ってくるかもしれない。なにしろ台湾での母は、デパートの店員やタクシーの運転手などからしょっちゅう日本人と思われていて、奥さんは中国語が上手だ、などと褒められることがある。そのたびに、そりゃあそうよあたしは台湾人なんだから、と応じる母が戸籍の上では日本人なのだから、またややこしい。それにしても、祖父や母のことを考えていると、日本人ってなんなのかわからなくなってくる。いや、十四歳のときから横山という姓を名のって日本人のつもりで生きている元台湾人のぼくもまた、その定義をややこしくしているのだろう。それからぼくは、母の一人息子である自分がここにいる限り、母にとっての日本は単なる外国ではないようにもまた思えてくるのだ。気がつくと、芽衣のお椀の中の豚の角煮はきれいになくなっている。やはり母に持たされた緑豆糕《リュウトウガウ》があるのを思い出し、口直しする？　と立ちあがろうとしたら芽衣が瞳を輝かせながら思わせぶりな調子でぼくを見つめている。芽衣がこの顔をするときは大抵、何か重要なことを言おうとしているときなのだと経験上わかっているので、ぼくは緑豆糕を取りに行くのをやめて芽衣が口を開くのを待つ。はたして、買おうよ、と芽衣は言ったのだ。

「え？」

「お母さんのお家」

ぼくは息を呑む。芽衣は声を弾ませながら続ける。

「そこに、あたしたちが住めばいいじゃない？　そしたら、お母さんもいつでも帰ってこられる……」

夢のようなことを突然言い出した芽衣の前でぼくは呆然とする。

「あたし、本気よ。恵比寿なら、どこへ行くにも便利だし」

芽衣が冗談を言っているのではないのが伝わり、急にそうすることは決して叶えられないことのない夢ではないのだと感じる。ぼくは、ぼくの反応を待ち構えている芽衣を見つめる。芽衣が微笑む。その瞬間、どうしてだか、この国の人間になったんだ、と言っていたときの父の声が蘇る。

父が、母とぼくと日本に永住するために買った家で、この先ずっと芽衣と二人で暮らす。想像もしていなかった自分にとってこの上なく望ましい「余生」が浮上し、くらくらとする。いや、「余生」などではない。ぼくは、まさにいま、人生の真ん中にいるのかもしれない。

＊

今日は一年で最も昼の長い日だ。薬を調剤していたら待合室の方から、你可以在那里玩（そこで遊んでていいよ）という声が聞こえてくる。すぐに、レールでぐるぐるするの、と言う澄んだ高い声も響く。黄《ファン》さんたちだ、と思う。親子は相変わらず中国語と日本語を混ぜ合わせながら喋っていた。四十年前の自分と母も、はたから見たらあんな感じだったのかもしれない。

――汽車ぐらい、乗れるさ。

そう豪語して、祖母を迷子にしてしまった祖父も、当時は、いまの母よりも若かった。ぼくは久々に中国語を復習したくなる。祖父が元気なうちに、台湾に行きたい。もっとも、台湾でぼくを迎えてくれる母と祖父はぼくの顔を見たとたん、日本語で話しかけてくるのだろう。

「ヤマノテセンだよ！」

ぼくの顔を見るなり、黄さんの子は右手の中の小さな山手線を誇らしそうに見せてくれる。子どもの母親が苦笑しながら頭を下げる。その顔色が先週よりもよくなっている。ぼくはいよいよ、自分も以前は「黄勇輝」だったのだと彼女に教えたくなる。

本文中に登場する中国語及び台湾語は著者の記憶に基づく記述であるため、文法や発音が正式なものとは異なる場合があります。何卒ご了承ください。

澤村伊智

行かなかった遊園地と非心霊写真

さわむら・いち

一九七九年、大阪府生まれ。東京都在住。二〇一五年『ぼぎわん』（刊行時『ぼぎわんが、来る』に改題）で第二十二回ホラー小説大賞〈大賞〉を受賞しデビュー。一九年「学校は死の匂い」で第七十二回日本推理作家協会賞〈短編部門〉受賞。著作に『ずうのめ人形』『ししりばの家』『うるはしみにくし あなたのともだち』『怖ガラセ屋サン』『怪談小説という名の小説怪談』など。

ここに一枚の写真がある。

質素な駅のホームで撮られた、ありふれた写真だ。

電車の先頭車両を背景に、少年が写っている。

はにかんだ笑みを浮かべ、こちらにピースサインを向けている。青いリュックに紫のスウェット。下は黒いジャージ。膝から下はフレームアウトしている。

写真の右下に「1989・6・××」と日付が焼き付けられている。

車両は8000系。当時の阪急電鉄の最新型車両だ。「顔」のデザインも、内装もそれまでの車両と違っていたが、何より音が異質だった。発車の際、無理に文字にするなら「デュオーン、デュオーン」という、独特の音を響かせるのだ。当時も今も電車について全く詳しくない私ですら、はっきりとその違いが分かった。駅で待っていて8000系が来ると、少しだけ得した気がした。

だからこの写真を撮った意図は分かる。単に少年を撮ったスナップ写真ではなく、8000系を撮ったものでもあるわけだ。

そう。撮影したのは私ではない。

写真の中の少年も私ではない。一面識もない赤の他人だ。車両について知っているのは、当時、阪急宝塚線沿線に住んでいたからだ。だから写真のホームが中山駅であることも分かる。現在は駅のすぐ北にある寺の本尊にあやかり、駅名が「中山観音」に改められているが、私の中では未だに「中山」だ。東京に引っ越してもう二十数年経つのに、その辺りの認識は一向に更新されない。

話を写真に戻そう。

全体的にピントが甘く、粒子も質感も粗い。若い世代にはこのラフな感じが新鮮に見えるらしいが、私にはただ古臭い、安っぽいとしか感じられない。安価なフィルムカメラで撮られたと思しき、昔のスナップ写真。それ以上でも以下でもない。初めて見せられた時は少しばかり懐かしく感じたが、それだけだ。だから私にとっては「何の変哲もない」のだ。

だが。

「伊澤さん。これね、心霊写真なんですよ」

持ち主は確かに言った。

「え？」

私は思わず訊《たず》ね、

「だから、心霊写真、です」

彼は間違いなくそう答えた。

＊

五年前のことだ。まだ人類が未知のウイルスの脅威に晒されておらず、人と人とが対面することと、食事を共にすること、語り合うことが当たり前だった頃。

色々あって仕事を辞め、半ば手探りで始めたフリーの文筆業が、どうにか軌道に乗り始めた、まさにその頃。

当時の私は「ここで守りに入ってはいけない」と、新たな分野に進出しようとした。元々好きな世界だったから。理由を端的に言ってしまえばそれが全てだった。そして早々に行き詰まっていた。

怪談蒐集《しゅうしゅう》を仕事にしている人がいる。

代表的なのは怪談師と怪談作家だが、両者には明確な差異がある。集めた怪談を人前で語るのが怪談師で、主に本にして発表するのが怪談作家だ。どんなものも厳密に定義するとなると骨が折れるので、大まかにはそういう定義である、として話を進める。

彼ら彼女らに「怪談を集める秘訣は何ですか?」と聞くと、大抵「まずこちらから怪談を話すこと」と答える。当然だ。いきなり怪談を語ってくれる人などまずいない。いたとしても希少種で、そう何度も遭遇したりはしない。

「怪談云々ではなく『不思議な体験をした、あるいは聞いたことはないか』と訊ねるのがいい」と答える怪談作家もいる。

たしかに、怪談という言葉の持つイメージ――例えば四谷怪談だったりタクシー怪談だったり――はどれも限定的だ。怪談=「人間の幽霊らしきものと遭遇した話」という狭く貧弱な理解をしている人の方が多数派かもしれない。そんな人たちに「怪談を聞かせろ」と請うても「知らない。自分には縁がない」で終《しま》いだろう。一方「不思議な話を聞かせろ」ならそうはならない、というわけだ。実に理に適っている。

そうしたノウハウを教わったうえで、私は蒐集を始めた。あわよくば怪談作家に、と考えていた。

たかが怪談だから、などと侮ってはいなかった。少しばかり愛好しているくらいで、どうにかなる世界ではない。若い頃に職場で聞いた怪談を雑誌に投稿し、何度か賞金を貰ったからといって、簡単に仕事にできるわけがない。そう把握しているつもりだった。

だが、いくら覚悟していたとはいえ、あまりに成果がないと人間はダメージを受けるものだ。「知らない」「何もない」「宗教の勧誘ですか?」「気持ち悪い話をするな」「お代はいいから帰ってください」……。

どうしてこうも酷い扱いを受けるのか。先達《せんだつ》や気のおけない友人に相談しても、解決策は見えなかった。外見は普通だ。喋り方にも態度にも、おかしなところはない。

「まあ、向き不向きってありますしね」

相談に乗ってくれた、著名な怪談師がそう言った。それですっぱりと踏ん切りが付いた。やめよう。ただの薄い怪談好きに戻ろう。それなりに真実味のある仕事論は世間に溢れかえっているが、「趣味を仕事にしてはいけない」は多くの人が口を揃えて言うではないか。

事前にデスクトップに作っておいた「怪談蒐集」のエクセルファイルを削除した。デザインソフトで大まかに作っておいた、肩書きが「怪談作家」の名刺のデータも削除した。少し残念ではあったが、同時に肩の荷が下りた気もした。最初の一歩だ、傷は浅い。意識せずともそんな風に納得できた。

だが、その翌日の夕方。

高田馬場にある出版社、X社で打ち合わせを終え、「食事でも」と編集者に誘われた。

近くの居酒屋で彼とその後輩、何人かで飲み食いしていると、隣のテーブルの、スーツ姿の四人組が話しかけてきた。近所の会社に勤めるサラリーマンで、これから作るムック本のテーマ――昭和平成の猟奇殺人や残虐な事件について、私たちが話し合っているのを聞いて興味を覚えたという。もっとも、四人の中で一番若い青年は、変質者か何かを見るような目で私たちを見ていたが。

彼らと話しているうちに、うち一人の男性が関西出身だと知った。そして奇しくも私と同い年で、しかも同郷だと判明した。通っていた学校は小中高すべて「隣」と言っていいところだった。

「そんな偶然ってあるんですねえ」

山田と名乗ったその男性は、やや寂しくなった額を撫でながら笑った。向かって右の眉根に大きな黒子《ほくろ》がある。

極めてローカルな話題で盛り上がり、笑い合い、懐かしい気分に浸って、私は嬉しいのと同時に少しだけ、感傷的な気分になった。彼もどこか遠くを見ていた。

対話が途絶えて、十数秒ほど経った頃だろうか。

「聞いてもらってええですか」

山田は不意に言った。

「というと?」

「僕の中では不思議な話です」

「ほう」

「いや……話のオチとしては、怪談て言うた方がええかも。違う、ど真ん中の怪談ですね」

「ほうほう」

私はつとめて平静を装ったが、内心は混乱していた。

諦めたその次の日に、向こうからやって来た。求めていた時には一つとして得られなかった怪談が、隙を狙い澄ましたかのように、ぬっと顔を覗かせた。

掌に汗を感じながら、私は言った。

「嫌いやないですよ。いや、むしろ大好物です。聞かせてもらえませんか」

「ええ」

彼は居住まいを正すと、静かに語り始めた。私は妙な緊張と興奮を覚えながら、そっと耳を傾けた。

あまりにも地元の、狭い世界の話に花を咲かせすぎたせいだろう。他の面々は私たちを放ったらかしにして語り合っていたが、むしろ好都合だった。

＊

山田は「真ん中あたり」の小学生だった。

取り立てて腕白《わんぱく》なわけでも、陰気なわけでもない。休み時間は校庭でドッジボールに興じることもあれば、一人で読書に熱中することもある。放課後は友達と公園ではしゃぎ回る日もあるし、誰かの家でテレビゲームをする日も、家で宿題をする日もある。友達はそこそこいて、女子とも話す。教師からもそれなりに目を掛けられる。

「自分で言うのもアレですけど、今思い出すと、誰に対しても同じ態度やったんかもしれません。ガキ大将みたいなヤツにも、隅っこにおるヤツにも」

「それが一番難しいことですよ」

私は本心から言った。山田は「いやいや」とだけ返して、再び話し出す。

小学五年生になった頃から、休日の過ごし方に少しだけ変化が起こった。同級生たちだけで遠くに出かけるようになったのだ。といっても、地方の小学生にとっての「遠く」などたかが知れている。移動手段はバスと電車。行く場所は大抵ボウリング場か遊園地と決まっていた。冬になると、そこにスケートリンクが加わる。当時まだゲームセンターは「不良の溜まり場」で、小学生にとっては入りづらい場所だった。

「乗り物の充実度だけで言うたら、一番楽しかったんはエキスポランドでした。でも、ちょっと遠いですよね」

「ええ」

私や山田の地元からだと、エキスポランドに行くには何度も乗り換えなければならない。ということは――

「宝塚ファミリーランド、ですか」

「ええ」

私がつい口を挟むと、彼はうなずいた。

宝塚ファミリーランド。

今はなき遊園地の名前を久々に、それも自分から口にしたことで、不思議な感覚に陥っていた。

大正の終わり、阪急宝塚駅からほど近いところにオープンした遊園地だ。当初は「ルナパーク」という名前だったらしい。かつては宴会場付きの温泉施設だったそうだが流行らず廃業。施設を遊ばせておくわけにもいかないから、と大正初期に半ば消極的な理由で始めた歌劇が大当たりし、次いで動物園や植物園、遊園地を造った、という経緯があるらしい。経営していたのは阪急電鉄。鉄道を敷くためにまず沿線に住むべき土地を開発し、行くべきアミューズメント施設を駅近隣に建てる——という、当時としては先進的な方針で造られたわけだ。

もっとも、そんな背景を知ったのは大人になってからだ。幼い私にとって、宝塚ファミリーランドは「ホワイトタイガーもいる近所の大きな遊園地」だった。一九八〇年代半ば、併設されていた動物園に、雌雄のホワイトタイガーがやって来た。国内では初、だったはずだ。その盛り上がりはかなりのもので、連日のようにＴＶＣＭが流れ、ローカルニュースでも取り上げられた。阪急電鉄のホームや車には当然、宝塚歌劇や宝塚ファミリーランドの広告が大々的に打たれているが、ホワイトタイガーがやって来た時は特に力が入っていたように思う。

山田が言った。

「ホワイトタイガー初めて見た時、どないでした？　僕はたしかに凄いなあ、かっこいいなあて思いましたけど、今思うと確認作業みたいなとこもあったような気がするんですよね。それまで散々テレビとか、広告とかで見てたんで」

「〝ほんまや、雄のシロタンは縞がクッキリしてるけど、メスのシロリンは薄いねんな〟とか」

「そうそう。あと覚えてんのは〝ずっと寝てんねんな〟とか。それと一匹ずつ入った檻が向かい合わせになってたことも記憶に残ってて。アーケードみたいな天井もあった気がします」

「でしたっけ？　そこまではさすがに覚えてませんねえ」

今思えばそれほどではないが、楽しいアトラクションもたくさんあった。メリーゴーランドや急流すべり、空飛ぶじゅうたんといった定番のものから、暗い中を走る室内型ジェットコースター「スペースコースター」。名前は忘れたが天地が逆になった部屋や傾いた部屋、鏡張りの部屋が連なったものもあったはずだ。むしろそうしたシンプルな仕掛けが特に小学生の頃には一番楽しかった記憶がある。もっとも、それは身長制限で引っ掛かり、絶叫マシンの類にあまり乗れなかったせいもあるかもしれないが……。

家族と行った時は気恥ずかしさがあった。同級生だけで行った時の方がのびのびと楽しめた気がする。だが中学に入ると行動範囲が広がり、より楽しいエキスポランドや神戸ポートピアランドに足を延ばすようになった。ファミリーランドに行くことは滅多になくなった。高校に入ると皆無になった。電車通学中に車窓から見える、ただの風景になってしまった。そして――

私が就職で上京した翌年の二〇〇三年。宝塚ファミリーランドは閉園した。

理由は色々あるだろうが、決定打はその二年前、大阪に開園したユニバーサル・スタジオ・ジャパンに〝負けた〟ことだろう。宝塚ファミリーランドだけではない。神戸ポートピアランドも、その他関西圏の遊園地も、ほとんどがその頃に潰れた。

跡地には今、マンションが建ち並んでいる。帰省の折に何度か近くを通ったことがあるが、かつての面影は見出せない。花とその茎を模したような、独特の形をした観覧車は一部が外国の遊園地に移設され、今も現役で稼働しているらしいが、詳しくは知らない。どこの国かも思い出せないくらいだ。

だから私にとって、あの遊園地は遠い日の思い出だ。二度と戻れない場所だ。きっと山田もそうだろう。そう思っていると、

「あそこが今もやっとったら、また違うんやろなって思います」

「というと?」

「うーん、まあ、何といいますか……」

山田は自分でも分からない、といった表情で、昔話を再開した。

山田少年はクラスメイトと宝塚ファミリーランドに行った。小遣いをやりくりして、あるいは祖父母に〝ボーナス〟を貰って。頻度としては三ヶ月に二度ほど、だったという。冬になると「アイスアリーナ宝塚」という、園内に設営されたスケートリンクにも行った。

メンバーは都度変わったが、概《おおむ》ね六人から十人ほど。男子だけの時もあれば、男女半々

の時もあった。後者の時に一度、好きな女子が参加してとても緊張したが、そこから発展することはなかった。

行きは中山駅に集合して、電車で。

帰りは国道176号線沿いを、徒歩で。

特に示し合わせたわけでもないのに、そうなることが多かったという。行きはともかく帰りは大変だろう。園から山田の住んでいた辺りまで、少なく見積もっても二時間はかかったのではないか。

「二時間半くらいですね」山田は答えた。

「でも、楽しかったんですよ。ほとんどまっすぐな道を、ただ歩きながら喋ってるだけで。特段疲れたって記憶もないですし。改めて思い返したら、そっちの方がよう覚えてたりしますよ。何を喋ったかとか、出来たばっかりのコンビニに寄って買い食いしたりとか」

「分かります」

私は率直に答えた。子供なら尚更そうだろうと納得していた。

「ですがね」

六年生になってすぐ。

クラス替えはなく、人間関係は教師も含め、五年生の時のままだった。グループもある程度固まり、クラスの誰がどういう人間か概ね共有された頃。

一人の同級生が、妙に山田に懐くようになった。

名前は島崎。クラスで一番背が低く、二年生だと言っても信じてしまうような、幼い顔立ちの男子だった。

そんなはずはないのだが、髪は常に「伸び放題のスポーツ刈り」で、黒地に蛍光イエローのジャージばかりを着ていた印象があるという。

島崎は一人だった。

五年生の時はそうでもなかったが、六年生の時点ではほぼ孤立していた。他人との距離の取り方が少し、いや——大きく違っていたからだ。

「これ、食われへんねん」と、給食のおかずを唐突に、隣の児童の皿に移す。

「あげるわ」と、消しゴムや鉛筆を人にプレゼントする。新品ではあったが何かのお礼ではなく、どれも子供じみた絵柄やデザインのものばかり。

いきなり家にやって来ては「遊ぼう」「ファミコンやろうぜ」と、ゲームソフトで膨らんだビニール袋を掲げる。

悪気がないことは皆が理解していた。断れば素直に引き下がるので、実害を被った者もいない。だから爪弾《つまはじ》きにしたり、いじったり、いじめたりする同級生もいなかったという。

勉強はできなかった。忘れ物も多かった。よく担任に説教され、その度に目に涙を浮かべていた。その時はしおらしくしていたが、改善することはなかった。

担任を含め、皆は島崎から距離を置くことを選んだ。島崎も輪に加わったり、積極的に誰かと関わりを持つことをしなくなった。山田を除いて。

「断らなかったから、でしょうねえ」

授業で二人一組になる必要がある時は、島崎の方から「ヤマちゃん、組もうや」とやって来た。遠足の時も「ヤマちゃん、一緒に弁当食べよ」と、返事も聞かず隣にレジャーシートを敷く。別のクラスメイト何人かで帰っていたら、いつの間にか紛れ込んでいる。そしてそのまま家に上がり込む。

山田の両親に対して、島崎は不思議なほど愛想がよかった。礼儀も正しかった。確かめたわけではないが、両親にとって島崎は「ちゃんとした子」「息子の親友」という位置づけだった。

「それが……イヤだった、ということですか？」

言葉が途切れたのを狙って、私は思わずそう問いかけていた。

山田はしばらく黙っていたが、やがて答えた。

「あの頃の言葉で言うたら、うっとい、になるでしょうね」

現在の、標準語と見なしていい言葉に置き換えるなら「うざい」に近いだろうか。「鬱陶しい」よりずっとカジュアルで、皮膚感覚や生理的反応に近い感情。

「当時の僕は認めたくなかったんです。ちょっと変わってるだけで何も悪くない、自分を慕ってくれる同級生を、うっとい思てたなんて」

言葉の端々から、自己嫌悪と後悔が滲み出ていた。

六月の、ある日の二十分休み。

トイレから戻ると、親しい何人かが教室の隅で、楽しそうに話し込んでいた。山田は輪に加わろうと、うち一人に声を掛けた。

「何の話してるん」

瞬間、空気が澱んだ。

彼らは一様に気まずそうな視線を山田に向け、「ああ、うん」「まあな」と曖昧に返す。不穏な空気を山田は即座に感じ取った。だが理由は分からない。戸惑っていると、別の一人が答えた。リーダー格の竹久だった。

「ええとな。再来週の日曜、ファミリーランド行こうって話になってん。お前も来る?」

「再来週? うん。ええよ」

気のせいだったか、と緊張が解れる。

「あ、でもな山田、これ――」

「俺も、俺も！」

声が割って入った。

島崎だった。知らぬ間に山田のすぐ側にいて、手を高々と上げている。

一瞬の間があった。しらけた空気も漂った。

「おお。ええで」

竹久は作り笑顔で答えた。皆も似たような表情を作る。島崎は気付いていないのか、楽しそうにまた訊ねる。

「何時にどこ集合？」

「十時半に中山駅の、改札の前でええやろ。地下の方な」

「分かった」

「山田もそれでええやろ」

「あ、うん」

「じゃあ決定な」

竹久はそこで話題を変えた。

その時はそれで終いだった。奇妙な空気が気になったものの、山田は「考えすぎだ」と忘れることにした。

だが。

前々日の金曜日のこと。

島崎はその日、風邪で学校を休んでいた。終礼が済み、「さようなら」の挨拶をした直後、山田は竹久に声を掛けられた。他の面々も一緒だった。

「日曜のことやけど」

「ファミリーランド？」

「おお。あれな、宝塚ボウリングセンターに変更しよってなってんけど」

「そうなんや。別にええよ」

承諾してすぐ思い当たる。

「あ、せやったら島崎にも教えたらんとな。明日来たら……」

「いや、それやねんけどな」

竹久は言いにくそうに顔をしかめると、

「島崎には言わんといて」

「え？　何で？」

「分かるやろ。あいつ、うっといやん」

再び不穏な空気を肌に感じた。嘔吐《えづ》く一歩手前の不快感が、山田の喉元に込み上げる。

「ハミゴにするってこと？　あいつ一人に、何ていうか、待ちぼうけ食らわせて……」

「それが一番平和や。オンビンなんや。みんなで話し合って、このすっぽかし作戦がベストやろて決まってん」

竹久が言った。他の面々がほとんど同時に頷いた。

直接言うのでもない。もちろん暴力を振るうわけでもない。ただ、イヤというほど思い知らせるのだ。お前は仲間外れだ、自分たちの輪に入っていないのだ、と。

竹久の言い分は理解できなくもなかったが、山田は恐ろしくなっていた。はっきり言われたわけではないが、完全に理解していた。

島崎の次にうっといのは、自分なのだ。

今回は有り難くも加わらせてもらったが、次に排除するべき候補は自分なのだ。

そもそも今回、自分を呼ぶ予定など無かったに違いない。あの時の気まずい空気。島崎が割って入った時の「やっぱりな」と言わんばかりの雰囲気。

「いやなん？」

竹久の質問に、山田は「ううん、ええよ。分かった」と答えた。鼓動が速まっていた。

竹久は「よし」と一言言って、山田に本当の集合時刻と、場所を伝えた。

翌日の土曜日、すっかり風邪の治った島崎に、山田は平静を装って接した。休み時間に取り留めのない話をし、連れ立って学校を出た。

「明日、楽しみやわ」「何に乗る?」「背え伸びたから、乗れるやつ増えたと思うねん」「ジェットコースターでハンズアップしよっかな」「どう思う、ヤマちゃん?」……

島崎の一言一言に、表情の一つ一つにいたたまれない気持ちになりながら、山田は会話を続けた。所定の場所で別れ、島崎の姿が見えなくなるなり猛然と駆け出し、家に帰った。

その晩は眠れなかった。

翌日のボウリングもまるで面白くなかった。

行きも、興じている最中も、帰りも、頭の中は島崎のことばかり考えていた。

改札の前で佇《たたず》んでいる彼のことを。不安げに周囲を見回し、そわそわと落ち着きなく身体を揺すっている彼の姿を。近くのローソンに行って、また戻ってくる彼の足取りを。

公衆電話で山田の家に電話をかけるかどうか、迷っている島崎。

意を決して電話ボックスに入り、テレホンカードを電話機に突っ込む島崎。電話番号を押す島崎。

母親が出る。「竹久くんとボウリングに行った」と告げられる。

島崎はそこで事態を把握する。

電話を終え肩を落とす。

ボックスを出て、とぼとぼと家に帰る――

〝みんな〟に水を差さないよう適度に笑い、適度にはしゃぎながら、山田は苦しい時間を過ごした。

帰宅したのは五時過ぎだった。すっかり疲れ果てた山田に、母親が声を掛けた。

「島崎くんから電話あったで。あんた、何か行き違いがあったん？」

心臓が跳ね上がった。

妄想どおりのことが現実に起こった驚き。悪事が親にバレるかもしれないという緊張。

猛烈に頭を働かせて、山田は答えた。

「何で？　普通に一緒におったで」

「ほんまに？」

「ほんまや。いつ？　あいつ電話で何て言うてたん？」

カラカラに乾いた口を無理に動かしながら訊ねる。母親は不思議そうに首を傾げながら、

「正午くらいかなあ。『先に行くってヤマちゃんに伝えといてください』て言うてたよ。せやからあんたが待ち合わせに遅れたんかと思って」

「え？」

今度は予想外だった。

先に行くとは何だ。考えても答えは出ず、散々迷った末に、山田は「間違い電話とちゃう？　それか悪戯電話か」と言った。当時は児童のいる家庭を狙った悪戯電話が市内で横行し、学校からも注意喚起されていたので、あながち出鱈目な指摘でもなかった。

「いや、どうやろ。たしかに島崎くんの声やったけどな」

「じゃあ、違う世界の島崎ちゃう？　混線して時空超えてん」

「何やのんそれ。アホらしい」

母親は口では斬り捨てたが、目は薄気味悪そうに古い電話機の方を向いていた。

その夜はすっかり疲れていたのになかなか寝付けず、山田は何度も寝返りを打った。その度に呻き声を漏らした。心配した母親が「しんどいんか？」と部屋にやって来たが、「大丈夫」と追い返した。


翌朝。

欠伸を繰り返しながら登校すると、担任が教室に入ってくるなり神妙な顔で言った。

「島崎くんの行方が分からなくなりました。昨日の朝に出かけたっきりです」

クラスがざわめいた。

ボウリングに行った面々が顔を見合わせるのが分かったが、山田は咄嗟に俯いた。理由もないのに息を殺してさえいた。

島崎は見付からなかった。

伝え聞くところによると彼の両親は放任主義で、息子の動向を全く把握していなかったらしい。それを知ったボウリングの面々は黙ることを選んだ。山田もそれに従った。

近所の派出所の掲示板に島崎のチラシが貼られ、学校に何度か刑事が来たが、山田はつとめてそれらを意識の外に追い払った。

その日ボウリングに行った面々とは次第に疎遠になり、中学進学を機にほとんど絶交状態になった。今はどこで何をしているかも知らない。

＊

「今も島崎の行方は分かっていません」

語り終えた山田はグラスの残りを飲み干した。居酒屋の穏やかな騒々しさが、少しずつ耳に届く。

「怪談、なるほど」

私は無意識にそんなことを口にしていた。

正直、期待外れだった。

山田の語ったことは素直に考えて事件か、そうでなければ事故だ。

誰かに誘拐されたか。あるいは事故に巻き込まれたか。悲しいことだが、どちらにしても島崎少年はもう生きてはいないだろう。そして山田らのすっぽかし作戦が、そうなってしまった一因なのは間違いない。もちろん、そんなことは山田もとっくに理解している。だから苦しんでいる。

つまり罪悪感だ。

罪の意識が不幸な事件事故を「怪談」に仕立て上げている。現実を歪めている。

今の話で不合理なのは「島崎が電話で辻褄の合わないことを言った」ただ一箇所のみ。だが、これも実際のところは「奇妙な電話が山田家にかかってきて、母親が受けた」程度だろう。山田少年が母親に指摘したとおり、本当は間違いか悪戯だったに違いない。それが彼の中では超自然的なもの、不可解なものにすり替わっているのだ。おそらくは無意識のうちに、彼自身が改変している。

山田は私に怪談を語って聞かせたのではない。本人はそのつもりかもしれないが、実態は違う。

懺悔しているのだ。

昔の過ちを打ち明け、許しを乞うているのだ。何の利害関係もない、偶々《たまたま》隣り合っただけの同郷の人間に。

「子供の世界も、色々ありますよね」

だから私が言うべきことも限られていた。当たり障りのない一般論。ぼんやりとした共感。相談を受けているわけではないから、これくらいが妥当だ。

「お飲み物、どうされますか」

私の問いに、山田は少し考えて「じゃあ、ウーロン茶を」と答えた。注文して少しした頃、彼は再び口を開いた。

「怪談でも何でもないやん、って思てはりますよね」

図星を指されて私は「いやいや」としか答えられなかった。自分でも呆れるほど嘘臭い声色だった。山田は口元を弛めて、

「分かりますて。立場が逆やったら、僕かてそう思てますもん」

「いえ……まあ、ええ、ははは」

「まだ終わってません」

「え?」

「まだ全部お話ししてない、って意味です。僕がこれを怪談やて受け止めてる、決定的な理由があるんです」

山田はカゴに入れていた鞄に手を伸ばした。中から取り出したのは大判のスケジュール帳で、彼はその間から何かをスルリと抜き取り、テーブルに置く。

L判のスナップ写真だった。

小さな駅のホーム。阪急電鉄8000系の先頭車両の前で、少年がはにかみながら、こちらにピースサインを向けている。日付は「1989・6・××」。何の変哲もない写真だった。

山田は言った。

「伊澤さん。これね、心霊写真なんですよ」

「え?」

「だから、心霊写真、です」

「あの、どこがですか?」

私は単刀直入に訊ねた。

それらしいモノは何も写っていない。有り得ないところから出てきた手も、透けた顔も、妙な光や影も、謎の光球オーブも。反対に手足が消えていたりもしない。

私が首を捻っていると、山田はそっと写真の端を指した。「これ、日付があの日なんですよ。すっぽかした日」

「そう、なんですね」

「で、この少年は島崎です」

「え?」

「もちろん僕はこんなん撮ってません。撮れるわけがない。でも、いつの間にか持ってたんです。今年に入ってすぐ、まさにこのスケジュール帳に挟まってるんを見付けて、『えっ、何これ』って」

「…………」

「こんな写真、本来存在するわけがないんです。でも実在して、何でか僕が持ってる。いわゆる心霊写真とは違いますけど、でもやっぱり、心霊写真の一種やないかと思うんです」

「…………」

「この写真のせいです。この写真が出てきたんがきっかけで、あの日のことが……怪談になった、というか」

「なるほど」

私は相槌を打ったが、それ以上のことはしなかった。ただ黙って、それとなく、山田のことを観察していた。

嘘を吐いているようには見えなかった。

妄想に取り憑かれている風でもなかった。

写真の中の少年は小柄で、伸びたスポーツ刈りで、小学二年生くらいにしか見えない。山田の語る島崎少年と符合する部分はいくつもあるが、決定打に欠ける。手動で設定できる日付も、確たる証拠になり得ない。

つまり私にとって、この話はやはり怪談たり得ない。写真も心霊写真とは呼べない。

しかし――

「聞かせてくださって、ありがとうございました」

詮索を放棄した私は、島崎に礼だけを言った。彼は「いえいえ、長話ですみません」と写真をスケジュール帳に挟む。

「伊澤さん。そろそろ行きましょうか」

絶好のタイミングで編集者が声をかけた。

その日はそのまま帰って、風呂にも入らず寝てしまった。起きてシャワーを浴びて朝食もそこそこに仕事をし、それが何日も繰り返された。山田から聞いた怪談のことなどすっかり忘れていた。

思い出したのは一ヶ月と少しが経った、今朝のことだ。時間にするとつい六時間ほど前。スマートフォンが見当たらず、眠い目を擦りながら部屋のあちこちを探し回った。何度目か忘れたが、昨日使った鞄をひっくり返してみた。

十円玉が一枚、カツンと音を立てて床に転がった。くしゃくしゃになったレシートも。そして滑るように、一枚の写真も。

例の写真だった。

阪急中山駅。阪急電鉄8000系。そしてピースサインをする島崎らしき少年。間違いなくあの日、山田が私に見せた「心霊写真」だ。お開きになる直前、彼が確かに仕舞ったはずの。

「どないなってんねん……」

無意識に呟いていた。地元にいた頃と同じくらい訛っていた。

スマートフォンはその直後、枕元で見付かった。

*

ここに一枚の写真がある。

質素な駅のホームで撮られた、ありふれた写真だ。

客観的に判断して、特に目を引くところはない。だが、手元にある理由が分からないせいで、見ていると落ち着かなくなる。会ったことがなければ知り合いでもない、赤の他人が写っている写真なら尚更だ。持ち主に返すのが筋だろうから、こちらの一存で捨てるわけにもいかない。

私は山田に電話した。地元談義で盛り上がったその最中、連絡先を交換したのだ。だが何度かけても留守番電話サービスに接続されるばかりで、彼が電話を取ることはなかった。いくつか伝言を残したが、折り返しの電話がかかってくることもなかった。

素人目で写真を調べてみたりもしたが、特におかしなところは見付からなかった。親しいカメラマンに見せても「伊澤の子供時代か?」「かわいいなあ」「それに比べてお前、随分やさぐれちまったなあ」と、誤解された挙げ句に軽口を叩かれただけで、全く収穫はなかった。霊能者に鑑定してもらおうか、とネットで検索したところで、我に返ってブラウザを閉じた。

自宅の仕事机の、一番上の抽斗《ひきだし》。写真の定位置はそこになった。大事に保管する義理などないのに——と思いながら、クリアホルダーに挟んでおいた。

怪談とも呼べない話の、証拠にもならない品。

三十年と少し前、電車と少年を撮っただけの、それ自体はどうということもない写真。

なのにそれは、いつしか私の中に居座り始めた。

仕事が立て込んで疲弊した時にも、私事で面倒事に巻き込まれてうんざりした時にも、たまの休日、昼過ぎまで寝てぼんやりしている最中も、頭の片隅では常に写真のことを考えていた。

何故だろう。どうして私は、こんなどうでもいい代物に構っているのだろう。

捨てよう。明日捨ててしまおう。

そう決意した日の、昼過ぎのことだった。

用事でX社に出向いた、その帰り際。編集者が不意に「あ、そうだ伊澤さん」と私を呼び止めた。

「ちょっと前に一回、この近所で飲みましたよね。それで隣のサラリーマンと話して」

「ええ」

「一人、伊澤さんの同郷の方、いらっしゃったじゃないですか。えらく意気投合してた。

ほら眉毛のホクロの」

「はい」

山田のことだ。ここで彼の話が出てくるとは。

驚いていると、編集者は更に意外なことを言った。

「ヤバいですよ。あの人、失踪したらしいんです。急に会社に来なくなって、それっきりだって」

「え……」

「ご家族にも書き置きとかは特にしてなくて、電話しても繋がらないそうです。自分はこれ、あの時あの場にいたうちの一人と、こないだ偶然会って聞いたんですけど」

「そう、なんですか」

「何の前触れもなかったから、事件か事故か、ヤバいことに巻き込まれたのかもってなってるみたいで。しかもアレです、証拠ってわけでもないですけど、いなくなる日の朝、家に変な電話かかってきたらしいんですよ。その、ええと」

「山田」

「そう、その山田さんがいつもどおり家を出てすぐ、家の固定電話に。で、奥さんが出たら山田さんの声で『これからシマザキと合流する』って、それでガチャって。ヤバくないですか?」

私は絶句していた。

「奥さんの耳にはシマザキに聞こえたけど、シバザキとかシマヌキかもしれないって。これヤバいですよね。こんなパターンの失踪事件、前にもありましたよね」

「いや……どうでしょう」

辛うじて返す。

ヤバいヤバいと繰り返す編集者を置いて、私はX社を出た。帰宅すると仕事机の抽斗を開け、クリアホルダーを取り出す。

写真の中の島崎らしき少年は、変わらぬ笑顔とポーズでこちらを見つめていた。しばらくの間、私は突っ立ったまま少年を見返していた。

その夜のことだ。

都内で起こったばかりの残虐なリンチ殺人の記事を、突貫で書き上げた。悪趣味な話題が中心のウェブマガジン編集部にメールで送付し、椅子に座ったまま大きく伸びをした、ちょうどその時。

手元のスマートフォンが鳴った。

山田からだった。

およそ十秒近く、私は液晶画面を凝視していた。深呼吸を一つして、スマートフォンを手に取る。通話ボタンを押す。

「……もしもし」

返事がない、と思った瞬間、声がした。

「伊澤さんですね。ご無沙汰しております。山田です。覚えておいでですか、同郷の」

随分と草臥《くたび》れていたが、彼の声に違いなかった。

居酒屋での彼が脳裏に浮かんだ。やや寂しくなった頭髪。向かって右の眉根の大きな黒子。怪談でない怪談を語る時の表情。

「もちろん覚えてますよ。伊澤です。お久しぶりです」

「ご連絡できなくてすみません。バタバタしていたもので」

「いえいえとんでもない。あの……」

「あれですよね、写真。ええ、差し上げます」

「え？　いや、ははは」

私は思わず苦笑していた。要らない。どう考えても必要ないうえ、欲しいわけでもない。どう伝えたものだろう。言葉を探していると、

「あれね、僕のところから消えよったんです。そんで伊澤さん、今度はあなたのお手元に現れた」

やけに芝居がかった口調で、山田は言った。意味を飲み込むのに少しかかった。

「……そんなことは、ないでしょう」

私は返した。

「何かの拍子で偶々私の鞄に入ったか、それか山田さんが意図的に、私の鞄に入れたか。どっちかですよ。普通に考えたら」

「そうですね」

「いや、そうですねって」

私は二度目の苦笑を押し止めて、

「まあええわ。その話は一旦置いときましょう。山田さん、今どこにいはるんですか？失踪されたって聞きましたけど」

「違います。今までが失踪しとったんです」

「は？」

「約束をすっぽかしたまま、ずっと違う道を歩いとった。本来おるべきやない世界におった。せやから軌道修正したんです」

「ごめんなさい、何を言うてはるんか、全然――」

私はそこで気付いた。

スマートフォンの向こうから、踏切の音が聞こえていた。不明瞭だがやけにのんびりした、女性の声もする。どうやら駅のアナウンスらしい。ホームにいるのか。

まさか。

私は立ち上がっていた。スマートフォンを両手で持って、咳払いして呼びかける。

「山田さん、あの、変な気起こさんといてくださいよ」

遠回しに言っても通じないかもしれない、と慌てて言い直す。

「自殺はやめてください。お願いします」

「え？　ごめんなさい。何の話ですか？」

ゴオオと何かが近付いてくる。

ガタンゴトンと大きな音が続き、次第にゆっくりになって、止まる。

電車がホームに入ってきたのだ。

ドアの開く音がした。足音もする。

「山田さん。山田さん」

「聞こえてますよ。いま、電車に乗りました」

ほっと胸を撫で下ろす。

ドアが閉まる。電車が動き出す。デュオーン、デュオーンと、永らく聞いていなかった音がする。

これは。この独特の音は。

８０００系だ。

「山田さん、今どこに……」

「電車ですけど」

「いや、そういう意味やなくて」

「いま中山駅を出たとこです。急行で宝塚駅に向かってます」

「どうして」

私は訊ねた。山田が車内で通話していることなど、最早気にしていられなかった。

返事はなかった。私は何度も呼びかけたが、ただ電車の音がするばかりだった。そして途切れ途切れに車内アナウンスが。

売布《めふ》神社駅に停まって、発車する。清荒神《きよしこうじん》駅に停まって発車する。もう一度呼ぼうとして、私はふと思い付いたことを口にする。

「中山駅、て言わはりましたよね」

「ええ。そうです。そうなんです」

答えがあった。

妙に嬉しそうな響きを伴っていた。安堵や感謝も混じっている風に聞こえたのは思い上がりだろうか。

やっと話せる。というより、話が通じる人間が見付かった。私には、たしかにそう聞こえた。

「僕は中山観音駅やなくて、中山駅から乗ったんです」

朗らかな口調だった。

意味が全く分からない。何かのクイズだろうか。

それともおかしくなっているのか。

あるいはこの男は、出会った当初からおかしかったのか。怪談を語って聞かせてくれたあの時から、既に。

スマートフォンを持つ手が汗で滑った。落とさないように握り直す。

「山田さん、あの――」

「ずっと後悔しとったんです」

彼は言った。

「狭い世界のしょうもない力関係に屈して、あいつをハミゴにした。すっぽかした。うっといからって、それだけの理由で。ずっと待たせて不安にさせた」

懺悔していた。

今度は正面から、自分のことを話していた。

「あいつのお母さんがビラ撒いてるの見かける度に、苦しくなって逃げました。ずっと放任やったくせに今更なに心配しとんねん、アホか――って、諸悪の根源は親やみたいに話をすり替えて。最低でした。最低やのにのうのうと、今まで生きてました」

「全然ですよ」

私は思わず口を挟んだ。

「山田さんは最低でも何でもない。普通です。世の中にはあなたより何万倍も酷いことをして、平気で生きとる人間が山ほどおる」

さっき送った記事のことを思い出していた。

金に困った四人の男が、場当たり的に見ず知らずの老婆を掠《さら》い、暴行し殺害した事件についての記事だ。丸三日に及んだ凄惨なリンチと、年金暮らしの被害者から数百円奪っただけの犯人たちの人物像を、私は詳細に、下劣に書いた。

あれほど愚かな犯人どもに比べたら。あいつらが老婆にしたことに比べたら。そんなことを記事にする私や、暇つぶしに消費する連中に比べたら。

「山田さん」

「ああ、見えてきました」

どこかうっとりした声で、彼は言った。

「何がですか」

「決まってるやないですか。宝塚ファミリーランドですよ」

私は何も言えなくなった。

有り得ないことだが、驚きはしなかった。

あるいは山田から着信があった時点で、こうなることは分かっていたのかもしれない。

「観覧車も、レールも見えます。モノレールのやつです。ほら、黄緑色の。ええ天気やからよう見えます」

あの辺りの、かつての車窓が頭に浮かんだ。

左手だ。

宝塚行きの電車からなら、ファミリーランドは左手に見える。減速し始めている頃だろうから、その気になればじっくり眺めていられる。

私は耳を澄ませていた。

ああ、おお、という彼の感嘆の声と、８０００系の走る音。そこに「次は宝塚、たからづか、終点です」と、車内アナウンスがかぶる。

「よかった。ああ、よかった。これ、分かりますか伊澤さん」

山田が訊ねたが、私は答えなかった。

「島崎は殺されたんやない。事故って遺体が出て来ぉへんのとも違う。おかんが言うてたとおりや。あいつは――先に行ってただけや」

電車が止まるのが分かった。

ドアが開くのも。

大勢の足音も。宝塚駅のざわめきも。

ここで駅を出るのか。それとも今津線に乗り換えて、宝塚南口駅で下りるのか。宝塚ファミリーランドへの経路を頭の中に思い描いていると。

「ヤマちゃん」

子供の声がした。

幼い、おそらくは少年の声。

そして。

「おー、島崎！」

別の子供の声もした。

私が呼びかけようとしたところで、通話は切れた。


編集者経由で聞いたところによると、山田の行方は未だに分からないらしい。「何か聞いてたりします？　それか『今思えば』みたいなの、ありません？」と訊かれたが、私はしらを切った。打ち明けたところで信じてもらえるとは思えない。山田からの電話は、スマートフォンに記録されていなかった。

私は日常に戻った。

陰惨な事件、悪趣味な出来事、猟奇的な話題。それらを記事にして生計を立てる、かつてと同じ暮らしに。

山田と関わったことで、私は奇妙な体験をした。人に語って聞かせるなり、書き記すなりすれば、怪談と呼んでいいものにはなるだろう。だが信じてもらえるとは思えない。どこにも証拠がないからだ。

たとえ写真が残っていても。

それがいつの間にか、私にとって有り得ない写真になっていたとしても。

ここに一枚の写真がある。

全体的にピントが甘く、粒子も粗い。

質素な駅のホームで撮られた、ありふれた写真だ。右下には「1989・6・××」と、日付が焼き付けられている。

電車が停まっている。車両は8000系。当時の阪急電鉄の最新型車両だ。

その手前に、島崎らしき少年が立っている。

満面の笑みで、こちらにピースサインを向けている。青いリュックに紫のスウェット。下は黒いジャージ。膝から下はフレームアウトしている。

その隣にもう一人、少年が立っている。

背が高く、英字プリントの黒いTシャツを着ている。

向かって右の眉根に、大きな黒子がある。どこか窮屈そうな、ぎこちない笑みを浮かべている。

島崎らしき少年に、二の腕をしっかりと摑まれている。

参考文献

伊原薫『関西人はなぜ阪急を別格だと思うのか』（交通新聞社新書）交通新聞社、二〇二〇年
海老原美宜男監修『鉄道・乗りもの』（学研の図鑑LIVEポケット）学研プラス、二〇一九年

反対方向行き

滝口悠生

たきぐち・ゆうしょう

一九八二年、東京都生まれ。二〇一一年「楽器」で新潮新人賞を受賞しデビュー。一五年『愛と人生』で野間文芸新人賞、一六年『死んでいない者』で芥川賞受賞。著書に『寝相』『ジミ・ヘンドリクス・エクスペリエンス』『茄子の輝き』『高架線』『やがて忘れる過程の途中（アイオワ日記）』『長い一日』『往復書簡　ひとりになること　花をおくるよ』（植本一子氏との共著）『水平線』など。

渋谷駅の湘南新宿ライン発着ホームを出た列車は、ビルの立ち並ぶ都心を抜け、戸建住宅、集合住宅のひしめく郊外の街と、そこに付随してときどき現れる商店や商業施設などの景色を地上から、ときにまた高架の上から見下ろしつつ進んだ。

この列車は十五両編成だというが、十五両編成の列車というのは、首都圏を運行する列車のなかでもかなり長いと思う。もしかしたら日本最長の列車なのではないだろうか、となつめは思った。鉄道に詳しいわけではないからよく知らないけれども、あらためて考えてみるとちょっと長すぎる気もしてくる。端から端まで何メートルくらいあるのだろうか。鉄道会社だってむやみやたらと車両を長く連結したりはしないだろうから、その長さには意味がある。いまは平日のお昼を少し過ぎたばかりで車内はすいているが、朝夕のラッシュ時となれば先頭から最後尾の車両まできっとかなりの混雑があって、だからそんなにたくさんの車両が必要になるんだろう。

その長く連結した車両の、ある部分は上下二階構造のグリーン車で、ある部分はごく一般的な横並びのシートの車両だったが、いまなつめが乗って窓の外に流れる景色を眺めながら運ばれているここはボックスシートの車両で、十五両もあればひとつの列車にこうしていろいろなタイプの車両がある。人間も大勢いればそこにはいろいろなタイプのひとがいる。ラッシュ時の長い列車にはきっとあらゆるタイプの人間が乗っていて、探せばきっとどこかにひとりぐらいは自分と気の合うひともいるだろうが、十五両も連結していて、どの車両も混み合っていては、そんなひとと巡り合うのは難しいことだ。渋谷駅のホームで待っていた場所にたまたま来たのがこの列車のこの車両で、空いていた進行方向右側の四人掛けのボックス席になつめはいまひとりで座っていた。ある程度混み合えばボックス席も他人同士向かい合わせの相席になるものだけれど、いまは四人掛けをひとりで占領していても気にならないくらい車内はすいていた。

なつめのいるところから通路を挟んで進行方向左側のボックス席にも、窓際の、なつめとちょうど左右対称の位置に女性がひとりで腰掛けていた。そのひとは上体を少しひねるように窓の方に向けていて、なつめからはその顔が見えなかった。彼女のいる側には窓から少し日ざしが入っていて、薄手の白い生地の肩口に日があたって輝いて見えた。襟足を短く刈り上げたうなじを見ても、半袖の袖から出たあまり余分な肉のない二の腕を見ても、なつめはそのひとが自分と同じか自分よりも少し年上だろうと思った。今年は梅雨がやたらと早く開けて、まだ六月だというのに真夏のような日が多い。今日もよく晴れて外は暑かった。すいている時間帯とはいえ、こうも乗客が少ないのは暑さのせいだろうか。もちろん車内は空調が効いていて、汗ばんだ肌も座っているうちに乾いていく。

この頃は他人の肌の感じを見ると、まずそのひとの歳の頃が自分との比較で思われる。はしたない気もするが、別にそれで品評的なことをするわけではなくて、なつめがそのとき思うのは、自分が自分の思っているほど若くはない、という自己認識の確認のようなことだった。なんか、たぶん、三十歳を過ぎた頃からかなー。まわりが仕事のキャリアを重ねたり、結婚したり子どもを産んだり、あるいはパートナーや子どもがいないならいないで好きなことや好きな時間を大事にする暮らしぶりに落ち着いたり、つまり若い頃みたいに現状とか先行きの不安がいつもすぐ手の届くところにあって、危なっかしく飛び石を渡り歩くみたいな生き方の、そのはらはらからいつの間にか友達とかテレビや雑誌で見る同年代のひとたちが遠ざかっていて、なのに自分ばかりがいまも若い頃とあんまり変わらない気分で人生を送っている気がする。それで不意に自分がまだ若いままみたいな錯覚に陥る。だから他人の生きた時間を見てとったときに、そうやって密かに自分を顧みる。もちろんもう若い頃とは違うと感じる瞬間は日々のなかでいくらでもあって、だから無邪気に自分を若く見積もったり自信を持っているわけじゃない。でも、生きていれば自然と備わっていくものだと高をくくっていた落ち着きとか安定感みたいなものが、なんか自分にはいつまで経っても備わらない気がするんですけどこれはあれですか、私は誰もがどこかで一度くぐっておくべきゲートみたいなものをすっ飛ばしてここまで来てしまったみたいなことなんですか。あなたはどうやってここまで来たんですか。

もちろん窓の方に体を向けた彼女に、なつめのそんな問いかけは聞こえていないし、なにか応えてくれるわけでもない。ただ静かに窓の外を眺めている後ろ姿が見えている。彼女はこれからどこへ行くのか。あるいはどこかへ帰るのか。

同じ列車にたまたま乗り合わせた誰かと誰かが、互いの最終的な目的地を知るはずもない。けれど、少なくとも同じ車両に乗り合わせたひとたちはみなこの列車の進む方向へと一緒に運ばれて、それぞれにどこかの停車駅で降車する。そしてそこからそれぞれにどこかへ向かう。ところでこの列車は上りなのか、下りなのか。

車内の路線図に目を向ければ、長いのは車両ばかりではないことがわかった。実際の地形をほとんど無視して引かれた横長の直線には、たくさんの駅名が窮屈そうに並んでいる。大宮で分かれて路線図の右方へ伸びた一本を辿れば、熊谷、高崎を経て、いちばん端の前橋に至る。同じく大宮から右方へ伸びる別の線は久喜、古河《こが》、と埼玉県から茨城県をかすめ、栃木県に入る。小山《おやま》を経てその先にある宇都宮駅が、今日のなつめの目的地だった。路線図はその先へも延びて、黒磯まで行き着く。一方大宮の左方は、赤羽、池袋、新宿、渋谷と都心を経て横浜、大船、そこでまたふたつに分かれた一方は平塚、小田原を経て熱海、そして伊東に。もう一方は北鎌倉、鎌倉、そして逗子に。路線図には描かれていないがその先は海だ。細かい運行形態のことは知らないが、同じ路線上の片方へ向かえば関東平野を北上して東北あるいは甲信越があなたに控える山地の麓に届き、もう一方は西へと延びていく東海道とも交わりながら海へ出て海岸線に沿っていく。同じ駅の同じホームから出た列車でも、どちらへ向かうかでその日そのひとが目にする景色は全然違うものになるし、ことによったら思いがけないほど遠くまで運ばれていく。長い路線を、長い列車が走っている。

そしていまなつめを乗せた列車は、彼女の目的地とは逆の神奈川方面へ、海の方へと向かっていた。目的地である宇都宮からはどんどん遠ざかり、間もなく多摩川に架かる橋を越え、神奈川県に入る。

なつめはスマートフォンを持つのがまわりのひとよりも遅かった。誰を基準にしてかは自分でもよくわからないが、ひとより五年くらい遅かった、という感じがあった。いわゆるガラケーを使っていた頃は、道に迷ったり、乗る電車を間違えたりして仕事やひととの待ち合わせに遅れたりするたびに、スマートフォンを持てば道に迷わないし電車に遅れたり乗り間違えたりすることもない、とひとに言われ続けた。それで使っていた携帯電話機の調子が悪くなり、もう後継の機種もない、と言われてやっとスマートフォンを持つようになったのだったが、結局道には迷い続けるし時間には遅れるし乗る電車も間違え続けている。地図アプリも乗り換えアプリも使うが、以前と変わらず迷うし遅れるし間違う。

迷ったり遅れたり間違えたりしないために必要なのはスマホでもアプリでもなく、迷ったり遅れたり間違えたりしない、という自分の意志で、それさえあればスマホもアプリもいらない。迷わないし遅れないし間違えない。そしてなつめにはそれがない。

今日は宇都宮にある祖父の家に行くはずだった。祖父の家と言っても、祖父はもう七年も前になくなったので、その家にはいない。

今朝はいつもと同じように六時に起きて、娘と自分の朝食の支度をし、七時に娘を起こして一緒にご飯を食べ、娘を小学校に送り出したあとで洗濯物を干した。そこまではいつもと同じで、ふだんはそのあと布団を敷いて一時間ほど眠るのだが、今日は午前中のなるべく早くに家を出たかったから仮眠はせずにすぐ出かける支度をしようと思っていた。が、ふと気づくと寝室にたたんでおいた布団にもたれて眠っていて、起きるともう十時をまわっていた。それで慌てて支度をして家を出て、渋谷駅に着いたのが十二時ちょっと過ぎ。都内から宇都宮までは上野か東京に出て新幹線に乗るのがいちばん速いが、それだと料金がずいぶんかかる。そこまで急いで行く必要もないのであれば、湘南新宿ラインを使えば渋谷から乗り換えなしの一本で着く。今日の用件としては祖父の家の管理に関するもので、書類を送ってもらってやりとりすることもできたが、管理を任せている知人と久しぶりに会ってお茶でも飲もうと現地まで出張ることにした。なかなか旅行なんか行けない毎日だけれど、ひとりで静かに出かけるそんな日帰りの小旅行ならあまり無理なく行けると思った。

年に一度あるかないかだが、祖父の家のあれこれでそうやって宇都宮を訪れることがこれまでもあり、だから湘南新宿ラインで渋谷から宇都宮に行くのには慣れていて、けれども湘南新宿ラインは運行本数が多くないのであらかじめ時間を調べて向かわないと駅で何十分も待つことになったりする。昨日乗り換えアプリで調べておいたところでは、十時過ぎに渋谷を出る列車に乗れば昼過ぎに宇都宮に着くことになっていた。そして帰りは向こうを夕方に出ればそう遅くならないで帰宅できる。娘は放課後は学童保育に通っていて、母親のなつめの帰りが遅い日には持たせている鍵で家に入って留守番もできる。夕飯は渋谷の地下食品街かどこかで娘の好きそうなものを買って帰って一緒に食べればいい。

しかし優秀な乗り換えアプリも、なつめの寝坊までは考慮してくれない。運行本数の少ない列車を一本逃せば最短の乗換ルートも変わってくる。急いで着いた渋谷駅でＪＲの改札を抜けてともかくホームに降りてみると、ちょうど湘南新宿ラインの列車がホームに入ってきたのでこれ幸いと乗り込んだ。当初乗るはずの列車から何本遅れてしまったかわからないが、湘南新宿ラインがすぐに来たのは不幸中の幸い、これで少し遅れを取り戻せるかもしれない、と思いながらすいた車内のボックス席に腰掛け、汗の流れる首を手ぬぐいで拭っていた。

ぼんやり窓の外を見ていて、間違いに気づくまでずいぶん時間がかかった。渋谷を出て恵比寿、大崎を通るあたりで気づきそうなものなのに、あれ、と思ったのは次の停車駅は武蔵小杉という案内が耳に入ってきたときだった。しまった反対方向行きか、と気づいてあらためて車内の電光表示を見れば、快速小田原行きとあった。

やってしまった、と思ったが不思議とそのとき体の力がすーっと抜けて、腰掛けたシートに背中やお尻が沈みこんでいくような感じがした。座席にしっかりと体を預けたなつめは、小田原ね、と呟いた。乗り違えたからといって、次の駅で降りてもと来た方へ戻ればいい話ではある。でも朝から失敗続きのところにダメ押しのように判明したこの乗り間違いになつめは、よしわかった、と誰に言うともなく思った。

通路を挟んだ席の女性は依然として窓際に腰掛けていたが、窓の外に顔と体を向けていた先ほどの体勢から変わって、進行方向に体を向けて座り手元の文庫本に目を落としていた。窓の外の明るさと、そこから射す日で横顔の輪郭だけが輝き、あとは陰になっている女性の顔はよく見えない。あのひとも小田原に行くのだろうか。それともどこか途中で降りるのだろうか。

列車は武蔵小杉駅に着いた。なつめは降りない。武蔵小杉に湘南新宿ラインが停まるようになったのはつい最近のことだったと思う。窓から見えるホームと、ホームの向こうの街並みを見ながら、少なくとも自分がまだ川崎の実家にいた頃は停車駅じゃなかった、となつめは思った。もっとも、実家のあったあたりの最寄りは私鉄の駅で、湘南新宿ラインなんてふだんは全然使わなかった。使ったのは今日みたいに宇都宮の祖父の家に行くときで、けれどそれもなつめが成人してからのことだったと思う。幼い頃は、祖父の家はきまって母の運転する車で行く場所で、しかし十代の頃にはもう親と一緒に祖父の家に行くなんてこともほとんどなくなって、だから自ずと祖父との関係はしばらくのあいだ疎遠だった。

なつめと祖父の竹春《たけはる》との関係が劇的に変化したのは、なつめが二十八歳のときだった。宇都宮の自宅でひとり暮らしをしていた竹春が病気で倒れ、小火《ぼや》を出すなど独居が難しくなったときに、東京でひとり暮らしをしていた孫のなつめが祖父を引き取る形で同居をはじめた。

それまで一度も同居したことはなく、とりたてておじいちゃん子とかいうわけでもなかった孫娘が、病気の祖父を自分の家に引き取った。その経緯を複雑に語ろうと思えばいくらでも複雑に語ることができるのだろうけれど、なつめとしてはほかに誰もやらないのなら自分がやるほか仕方がない、という単純ななりゆきだったと思う。いや、それはそれで話を単純にしすぎかもしれないし、なんか美談に聞こえてしまうかもしれない。そしてほかの親族が非情に映るかもしれない。自分がどう説明しても、他人にどう見られても、実情とは少し違う感じがしてしまう。一緒に暮らしはじめればその日々の現実に押されてことの経緯も発端も遠くへ押し流されてどうでもよくなってしまうし、家族や親戚のなかのごたごたなんて、ひとつ答えがあるわけじゃなく、誰のもとにも情も非情も事情もあって、誰の人生もありえたいくつもの可能性のなかからひとつだけがそのひとの人生になるから、互いに憎んだり恨んだりすることにもなる。

竹春の連れ合いでなつめの祖母である柿江《かきえ》はその頃まだ健在で、しかし好き勝手生きた祖父に愛想を尽かしてその数年前に家を出ていってしまった。法的な離婚の手続きはしていなかったらしいが、老年になって長年暮らした家を出て縁もゆかりもない金沢に移り友人たちと共同で料理屋をはじめたというのだから、夫の勝手放題に匙を投げてというか自分が匙になって飛んでいったといおうか、ともかく以降竹春のもとに柿江からの音信は一切なかったそうだ。

子どもたちはどうかというと、竹春と柿江の長女でなつめの母親である弥生《やよい》はその頃こちらも夫つまりなつめの父親とのあいだで離婚するのしないのでごたごたしていて、自分が実家に行って竹春の面倒を見るとか竹春を自宅に引き取ったりする余裕は全然ない、と早々に宣言して逃げを打った。弥生の弟でなつめの叔父にあたる原郎《げんろう》は同じ県内の益子《ましこ》で器を焼いたりうどんをこねたり、よくわからない商売をして気ままに暮らしていて、宇都宮からそう遠くはないところにいるはずなのにふだんからろくに連絡がつかず、そもそも彼のことははなから誰もあてにしていなかった。そんなわけで、要するに妻子の誰も竹春の面倒を見る気のある者はおらず、家族に見捨てられかけていた祖父に孫娘が手を差し伸べたという次第だった。

と、できる限り簡単に事情を説明しようとしても、結構込み入った話になってしまうのは話が下手だからなのか、この親戚たちがよほど変わっているからなのか。しかしどんな誰の話だって、事情を説明しはじめれば長くなるものなのではないか。どんなに長い路線でもひとりの人生の話よりは短い。終点に着くまでに話し終わるような人生はない。誰かがいれば、そこには何人もの長い長い人生の時間が絡んでくることになり、乗り継ぎ乗り継ぎ結局大勢のひとの人生の話になって、線路はどこまでも続くし、話はどこまでも尽きない。

そんなことを思っていると、いまを走る列車の車内が、いつかどこかの誰かが乗った、別の列車のなかの光景みたいに思えてくる。曖昧に思い浮かぶ車内の様子にいくつもの日が混ざり合い、そこにいるのが自分だか他人だかわからなくなる。

自分が曖昧になりながらも、どこかまだ正しい方向へ向かっている、間違えてはいないような感覚が車内にはあって、しかし窓の外に見えている景色はやっぱり都心から北の埼玉や栃木に向かうそれとは少し違って、西へと、海に近づく方へと向かう感じがあった。

私だってそんな殊勝な気持ちでじいちゃんを引き取って一緒に暮らしたわけじゃなかった。ふと浮かんだそんな言葉の送る先を探すように通路の向こうの女性を見ると、彼女は本を読んでいるうちにどうやら眠ってしまったらしかった。俯き加減だった頭はいまは完全に前に倒れ、短い髪が垂れてその横顔を隠していた。読んでいた本は開いたままのページがひらひらと揺れ、膝の上の手元に引っかかるみたいにかろうじて支えられていた。

好き勝手に生きてまわりに心配や迷惑をかけてきたとはいえ、体の弱った祖父が誰からもそっぽを向かれて困っているのを気の毒に思ったのは嘘ではない。しかし祖父を引き取ることと引き換えに弥生からは食費など込みで月々五万円の、いわば手当を受け取っていて、これは自分の生活の大きな助けになった。なつめが竹春を引き取ったのは事前にその交換条件が弥生とのあいだで結ばれていたからでもあった。なつめは当時は笹塚の小さなバーでアルバイトをしていて、家賃と月々の生活費を払うとほとんどお金は残らなかったから、五万円の収入は大きかった。家に竹春ひとりが増えたところで遊びにいくでも無駄遣いをするでもなく、嗜好品といえば少しのお酒くらいで、食費などをある程度やりくりすれば五万円の大半は手元に残せた。毎月五万円の大きさを思うと、いまもお腹のあたりが温かくなる気がする。実際にもらえるわけでもないのに。三十代になって子どもができても、金銭感覚があの頃とほとんど変わらない。

妻や子から見て竹春がどれだけ疎ましい人間だったか、なつめにはわからない。少なくとも孫のなつめにとって竹春は悪い祖父じゃなかった。

竹春を引き取ることに決まって、なつめは正月元旦に友達に借りた車で宇都宮を訪れた。そう、あの日は電車じゃなくて自分で慣れない運転をして自動車で宇都宮に行ったんだった。竹春の家に一泊して翌日竹春を車に乗せて東京に戻ってきたのだったが、一応転居ということになる竹春の荷物はとても少なく、小さなボストンバッグひとつだけだった。しかし車の後部座席には近所のひとから譲り受けたという盆栽の鉢植え三つが転げ落ちないよう座布団とビニールテープで固定されて置かれた。宇都宮を出てふたりと盆栽三つとで東京にやってきた日は気持ちよく晴れていたが、車の暖房があまり効かず、病持ちの竹春の体にこたえないか心配だった。ラジオでは箱根駅伝が流れていた。と、ぼんやり目を向けていた窓の外にはあの日ランナーたちが走ったはずの国道一号線が線路と並行に続いているのが見えた。

なつめと竹春の同居生活はちょうど一年続き、そして解消した。長かったのか短かったのかわからない。なつめが恋人の美津夫《みつお》の子どもを妊娠したことがわかり、それが同居解消の最大の理由に違いなかったが、竹春の体調が一年前よりずいぶん回復したことも事態を後押しした。竹春が宇都宮に戻ったのはなつめが妊娠八か月になろうという時期で、だから妊娠中の多くの時間をなつめは竹春と同じ家で過ごした。なつめがつわりで寝ていても、精神的に不安定になっても、竹春がなにをしてくれるわけでもなかったが、いま思うとその時期を竹春と過ごせてよかったとなつめは思っていた。そばに祖父がいることは、自分の腹のなかにいる子にとってか、腹の外にいる自分にとってかわからないが、根拠のない安心だった。次の正月、ちょうど一年前と反対向きに、竹春は弥生の運転する車で東京から宇都宮に帰っていった。また盆栽を後部座席に三つ並べて。身重のなつめは同行できなかった。

東京にいるあいだは術後の経過も良好で再発の疑いもなく、順調に回復しているはずだったが、春になつめが娘を産むと、それからわずかふた月足らずのうちに竹春は急に進行した持病であっけなくこの世を去った。生後間もない娘の面倒に追われてなにも考える余裕がないなかで、なつめは竹春が宇都宮の病院に入院したと聞き、そして間もなくなくなったことを知らされた。結局竹春はなつめの娘の顔を見ないまま死んだ。

その時期のことを思うと、全然速さの違うふたつの時間のなかにいたように思う。娘を産んで生後半年くらいまでの日々は永遠のなかにいるように思われた。いまではひとりで留守番もできるようになった娘の成長を振り返ったとき、あっという間だった、と言うほかないのも間違いないけれど、それでも生まれて間もない頃の娘と過ごした時間は遅々として進まない永遠のような時間で、そのなかに娘とふたりで閉じ込められている、そんなふうにしか思えなかった。

一方でそのさなかに届いた祖父の病状悪化と死の報については、ろくに状況を理解する暇もなく、あっという間の出来事だった。娘の小さな小さな体やなつめの胸で一生懸命乳を吸うあの顔と、つい半年前まで毎日一緒にいた竹春がもういなくなってしまったという出来事とが、同じ世界の時間にあったようには思えない。娘を連れて宇都宮で行われた葬儀には出席するつもりだったが、前日の夜に娘が熱を出して結局行けなかった。竹春の死に顔を見ることができなかった。

葬儀には、美津夫がひとりで行ってくれた。妊娠がわかって少ししてからごく便宜的に美津夫との婚姻届を出し、だから竹春から見れば一応孫娘の夫ということになる。夏の終わりの暑い日だった。その日の美津夫も、渋谷から湘南新宿ラインで宇都宮に行ったのだったと思う。あの頃の自分たちに、新幹線代を躊躇なく出せる余裕はなかったから。着慣れない、似合わないワイシャツ姿の美津夫がボックスシートの窓際でぼんやり座っている。なつめは竹春の葬儀に行けなかったことを思うと、見たわけでもないそんな美津夫の姿が自分の記憶のなかの光景のように思い浮かぶ。通夜に出て帰ってくるだけだから、香典くらいしか持ち物もなく手持ち無沙汰で、乗車前に買って早々に空けたビールの空き缶を窓辺に立て、列車が街なかを外れ、窓の外に畑や田んぼが増えてくる頃には居眠りをしている。降車駅の宇都宮に着く直前ではっと目が覚めて、どうにか乗り過ごさずに降りたものの隣の座席に置いていた喪服の上着を車内に忘れた。上着の内ポケットには香典も入っていた。

いやー焦ったよ、と帰ってきてその顚末をおかしそうに話す美津夫の様子が、なつめにとっていまでも憎たらしく思える。通夜に出てその日のうちに帰ってくるはずだったのに、通夜ぶるまいの酒に酔って面倒になった美津夫はその日は宇都宮に泊まり、翌日はどうせ延びたついでにとわざわざ益子に足を延ばして温泉に寄り、結局なつめと娘が待つ家に帰ってきたのは夜遅くだった。彼は当時旅行雑誌などに温泉やその周辺の観光地についての記事を書く仕事をしていたから、単なる遊びじゃないとはいえ、こちらは熱を出した赤ん坊をひとりで看病しながら帰りを待っていたというのに。彼を益子に誘ったのは原郎おじさんに違いない。

竹春が宇都宮に戻ったあとで美津夫は入れ代わりでなつめの家にやってきた。なつめにとって、娘と美津夫はそんなふうになつめの人生に同時期に転がり込んできた存在だった。転がり込んできたのは竹春だって似たようなものだったけれど、でも娘と美津夫に押し出される形でなつめのところを出ていって、それきり戻らなかった。

どさっと音がして、列車の走行音が耳に戻ってきた。鉄の車輪は鉄のレールとたえずぶつかり合って、揺れる車両も車両と車両の連結部分もきしむ音をたてている。すいた車内だからなおのことよく聞こえるのに、物思いにとらわれれば耳はすっかり留守になる。音のした方を見ると、通路の向こうの席の女性の手から読みかけの本が床に落ちていた。

竹春がなくなって七年、柿江がなくなって六年になる、となつめは計算しつつ確かめた。なつめが行けなかった竹春の葬儀に、妻である柿江の姿はなかった。でもその言い方は正確じゃない。竹春の病状が悪化した報を受け、柿江はその当時暮らしていた金沢から宇都宮に出てきた。金沢から宇都宮というのは、どこを通ってくるのだろうか。新潟の方をまわるのか、それとも一度東京の方まで出てくるのか。その頃まだ北陸新幹線も通ってなかったと思う。それで竹春の最期を見届けた柿江はしかし竹春の葬儀には参列することなく金沢に戻った。喪主は弥生が務め、美津夫の話では、竹春の生前付き合いのあったという、しかし家族は誰が誰だかよくわからないひとが大勢集まって、なかなか賑やかでいい葬式だったそうだ。

起こさないようにかがみこんだまますり足で移動して、足元に落ちた本を拾ってみると女性が読んでいたのは文庫本ではなく鉄道の時刻表だった。文庫本よりたぶん少し縦長で、辞書みたいに分厚い。なかを開くと全国の鉄道路線の運行ダイヤを示す細かい文字がびっしりとページを埋めている。ずいぶん久しぶりに紙の時刻表を見たかも、となつめは思った。その持ち重りを確かめるように片手で持って宙を上下させてみてからまたなかを開き、スマホだアプリだという時代に、アナログの権化のような代物だ、と思った。

本の判型に合わせてのされたように変形した日本地図にすべての路線とすべての駅名がこれまた小さな文字で示された路線地図を見てみたが、これを見ても金沢から宇都宮までどうやって行くのがいいのかはさっぱりわからなかった。結局スマホで乗換検索を使ってみると、金沢から特急で大宮まで出て、そこから宇都宮に行くらしかった。大宮から宇都宮までは新幹線が速いが、もちろん湘南新宿ラインでも行ける。柿江がその日なにに乗ったかはわからないが、いずれにしろもう何年も会っていない夫の病状を聞いて、どんな気持ちで柿江はその道程を移動したのだろうか。

その頃にはもう金沢に開いた店は他人に譲っていたのだろうか。細かい時系列や事情はどんどん曖昧になり、やがて謎になるだろう。たぶんなつめがこうしてひとりで思い出していても、きっとどこかが間違っている。

数年ぶりに対面した夫は弱った布団のなかで目を閉じていた。眠っているのか、起きてはいるけれども目を開いておくのがつらいのか。目を開いていると、世界があまりにうるさいんだね。そうして眠りと覚醒はどんどん境界が溶け合っていく。かつてはふたりで床を並べて寝ていた部屋で布団のなかにいる竹春の顔を、座った枕元から見下ろしていると、ああこのひとはこんなふうに、と柿江は思った。こんなふうにこのひとは死を迎えるのか。やがて自分もきっとだいたい同じふうに、そしていま自分が思っているようなことをいつかまた誰かが思う。

ひしめく駅名のなかから宇都宮駅を発見して、そこに人差し指を置いてみる。そこから大宮まで線を辿ってみる。いつかの自分と彼らがそれぞれに走った線だ。こっちからこっちへ。そしてまたこっちからこっちへ。本来は南へ伸びるはずの線は、むりやり東日本の大半を見開き二ページにレイアウトした地図のなかではまっすぐ左に伸びていた。

東北本線の線上を行き来していた指が、並行するように記された真岡鐵道の線を見つけた。その途中に原郎おじさんが暮らした益子駅がある。原郎おじさんは、若い頃はニューヨークにいたそうだ。なんでいたのかは知らない。その前に日本でなにをしていたのかもよく知らないが、日本に戻ってきてからは新宿で古本屋をしていたらしい。それと並行して陶芸家を名乗るようにもなり、ときどき個展なんかをするようにもなって、やがて東京を離れて故郷からも近い焼き物の町益子に移ると、そこで茶碗や皿を焼きながらうどん屋もはじめた。曰く、土をこねて焼くか、うどん粉をこねて茹でるかの違いで、両者には相通じるところがあるのだという。なるほどと思う気もするし、いい加減な気もするが、ともかくなつめはこの叔父のことが嫌いじゃなかった。ひとことで済まそうとすればさっき説明したみたいに、よくわからない商売をして気ままに暮らしている、なんて言い方しかできないが、それじゃあただの風来坊の親不孝者に見えてしまう。実際家族が迷惑を被ったり心配したりすることももちろんあっただろうから、親やきょうだいが抱く思いはまた違うだろうが、常識や規範を全然気にしないで生きているひとが近すぎない程度の距離にいてくれることの心強さみたいなものをなつめは小さい頃から感じていた気がする。原郎おじさんが焼く器も、こねるうどんもなつめは好きだった。原郎おじさんについて話すなら、世間からのずれ方なんかどうでもいいから、彼がつくったものの話をしたい、と思う。焼き物のことはなつめはよくわからないが、原郎おじさんのつくるうどんはおいしかった。益子でもなかなか評判がよかったんだと聞いたことがある。さらに言えば、土をこね、うどんをこねる原郎おじさんの手について話したかった。ふだんから土をいじることはもちろん、家の修繕や改修も自分で大抵のことはしてしまう器用なひとで、いっけんごつごつとした手に見えるのだけど、さわるとその手のひらは子どもの手みたいにやわらかく、もちもちしていた。

土をたくさんこねてると、土とおんなじやーらかさになるんだ、といつか原郎おじさんは子どもだったなつめに言った。最近はうどんもこねるから、前よりもっとやーらかくなってきた、ほれ、さわってみ。

ほんとだ、となつめは叔父の手のひらを指でつついて言った。

ほんとだろう。

ほんとだ！　と興奮して大声でまた繰り返す。

嘘みたいだけど、ほんとなんだよ。おもしろいことだよな。

ニューヨーク、新宿、益子。古本屋に陶芸にうどん屋。益子ではペンションも経営していたとかいう話で、その人生の機軸の多さは原郎おじさんの奔放さを端的に表しているけれど、それはなつめが直接知らない祖父竹春の生き方に習ったところもあったのかもしれない。一緒に暮らしていたときに祖父が自分の昔話をすすんで語ることはあまりなかった。でも訊《き》けば教えてくれた。竹春はもうその頃はあまりたくさんお酒を飲まなかったが、なつめの仕事が休みの夜など、ふたりでちゃぶ台を囲んで飲むこともあって、そんなとき竹春は酔ったなつめが無遠慮に訊ねれば、若い頃は地元の工場で働いていたが、と来し方を話して聞かせてくれた。

当たり前だが、竹春の話には、娘である弥生から聞くのとは違う竹春の姿があった。結婚して弥生と原郎が生まれた頃、竹春は勤めていた工場を辞めて知人の勧めに乗る形で錦鯉の養殖に手を出した。もう水も枯れてごみや落ち葉が溜まっているが、宇都宮の家の裏庭にはそのときに掘った人工池の痕跡がいまも残っている。借金を残して養殖事業が失敗に終わってからは、宇都宮市内の中華料理屋で働きはじめた。四十を過ぎてそれまで全然経験のなかった調理の仕事につく経緯や動機や竹春の考えなどはもうわからない。けれどもここで竹春は思わぬ才を発揮する。調理場の一画で日々餃子《ぎょうざ》づくりを任されていた竹春は、毎日数百個の餃子を包んでは焼いていたのだが、少しずつその製法や調理法に独自のアレンジを加えていき、そしてそれが奏功し、どこにでもある平凡なメニューだったひと皿三五〇円の焼き餃子は、この店に来たとなれば餃子を頼まない客はおらず、昼時や週末には表に行列ができるほどの看板メニューになった。いまでこそ宇都宮は餃子の街として有名だが、そのはるか数十年前、餃子目当てに行列をつくるなんて考えられなかった時代の出来事だ。店のオーナーは竹春の才能と貢献を評価し、かつ餃子に特化した業態の可能性に注目し、知人を通じて紹介されていた東京上野の物件で、餃子専門の新店を開くことになった。そして竹春はその店主を任された。そして店は一年ともたず閉店した。餃子の味はともかく、経営者や店の責任者としての適性が竹春にはまったくなく、この新事業は見事に失敗に終わったのだった。まあ七〇年代のことで、まだまだ経済成長の時代だったから、と竹春は他人事のように言っていたが、そんな簡単に済ませられるような出来事なのか。物心ついてからほとんど不景気の時代しか知らないなつめにとって、失敗の仕方も、失敗に至る過程も、あまりに大味というか勢い任せというか不用心な気がするのだが、竹春の言う通りそれも時代ということなのかもしれない。数か月で東京から宇都宮に戻ってきた竹春は、父親の農地を継いで農家になった。その後もあれこれ持ち前の山っ気を発揮しつつ、七十を過ぎて体が思うように動かなくなるまで細々と農業を続けた。

という、なつめの記憶に依る竹春の人生のダイジェストがどこまで正確なのか保証してくれるひとはいない。ともかく竹春は、そんな波瀾万丈と言っていい人生を、自慢するでも卑下するでもなく、淡々と、他人の人生について話すように同居人のなつめに語って聞かせてくれた。もっとも、なにごとも包み隠さず、というわけでもなかった。彼の変転の要所要所にはきまって女の影があった。これは竹春本人ではなく後年になって弥生から聞いたり、いつそんな話をしたのか美津夫が竹春から聞き及んだ女性遍歴をなつめに話して聞かせてくれて知った。そういう話を加味すればまた人生の彩りは変わる。竹春の人生とくらべれば、原郎おじさんの人生などだいぶ堅実にも思えてくるくらいだが、なつめのような叔父と姪のような距離ではなく、もっとダイレクトに彼らの迷惑を被ってきた柿江や弥生に言わせれば、原郎の勝手気ままも竹春の悪い影響で、ふたりまとめてうちの男たちはどうしようもない、ということになり、なつめが知っている原郎おじさんのあの手のひらのやわらかさだってその悪影響の表れだったことになるけれど、あんなやさしい悪影響なんてあるだろうか。

原郎おじさんは柿江さんがなくなった翌年に益子を離れて台湾に移住した。例によってなんで移住したのか、向こうでなにをしてるのかわからないし、ビザの都合とかなのか、ときどき帰国するらしいが、特にこちらに連絡もない。だからもう益子に原郎おじさんはいない。弥生は結局まだ父親と別れず川崎の家で暮らしている。もう何年も、口を開けば離婚離婚と騒いでいるが、もう誰も本気で取り合わない。

指を置いたままの路線図にある小さな宇都宮の文字のまわりには、祖父の暮らした街や家を想像する余地も、そこに祖父の生きた時間を開いて延ばしていく余地もなかったけれど、がたがたとたしかな音をたてながら進む列車はたしかにどこかに進んでいて、その推進が乗客のひとりであるなつめを思い出す時間のなかに運んでいく。

この宇都宮駅からバスに乗って十五分ほど行ったところにある、かつて祖父竹春が暮らしていた家。竹春と結婚した柿江さんも長くそこで暮らした家。弥生も原郎もそこで生まれて育った家。今日そこでなつめを待っているのはガミちゃんとミヨちゃんで、ふたりはもともと益子の原郎おじさんの陶芸教室に通う大学生だった。竹春が最初の病気をして手術のために入院した際、無人になる家の用心と退院後の竹春の面倒を任された原郎おじさんは、竹春の入院中に宇都宮の家のふた間をぶち抜きアトリエと称した陶芸用の作業部屋に改装してしまった。

どうせこんな広い家持て余してるんだからいいじゃないか、と原郎おじさんは言い、なんの相談もなしにそんなことを決めて弥生を呆れさせたが、結局退院後に小火を起こして竹春は東京のなつめの家に移ることになり、また住人のいなくなった宇都宮の家に住んで維持管理してくれたのがガミちゃんとミヨちゃんだった。維持というか、ふたりによってアトリエにとどまらず家や庭に陶芸の作業スペースが拡張していき、原郎はこの家を使って宇都宮でも陶芸教室をはじめるようになり、とうとう庭に小さな窯まで造った。彼女たちがいなければ、誰も管理できない家はとうに荒れ屋になっていたかもしれないのだから、これも維持といえば維持か。

ああ、やっぱり話をすればするほど、違うひとが出てきてまた説明が必要になって、どんどん話は長く、経緯はややこしくなっていく。あの頃まだ二十歳くらいだったガミちゃんとミヨちゃんももう三十で、なつめは自分がふたりとどんなふうに親しくなっていったのか思い出そうとしてみる。

宇都宮の家は原郎おじさんから引き継ぐ形でふたりが運営する陶芸教室としてしか使っていないが、ふたりはいまも宇都宮市内に借りた一軒家で一緒に暮らしている。竹春がなくなって原郎おじさんが日本を離れたあとも、なつめは彼女たちと連絡を取り合い、今日みたいに家の管理とか権利関係のやりとりのついでに会いに行ったり、ふたりが東京に出てきたときに会ってお茶を飲んだり食事をしたりすることもあった。なつめから見て八つ年下のふたりは義理の妹みたいな存在だった。なつめも美津夫もひとりっこで、だからなつめには義理のきょうだいができようがなかったが、仕事や遊びで知り合った友達とは違って、原郎おじさんと宇都宮の家を経由してふたりとの付き合いが生まれたせいで、そんなふうに妹みたいに思えるのかもしれなかった。ふたりはなつめの娘のことも小さな頃からかわいがってくれて、分別がつくようになってからは娘もふたりをガミちゃん、ミヨちゃん、と呼び慕っている。きょうだいのいないなつめの子どもにはおじもおばもいないということになるが、娘にとって彼女たちは親戚のおばさんみたいな存在になるのかもしれない。ガミちゃんは原郎おじさんと付き合っていたこともあるとかないとか聞いたことがあるし、仲がいいとはいえ三十近くになっても一緒に暮らしているふたりの関係性のことをなつめはいまだにはっきり認識していないが、別にみんな好きなように生きたらいいと思う。竹春も原郎おじさんも私も好きに生きている。

あ、と頭の上から声がして、しゃがんでいたなつめは我に返って声の方を見上げた。目を覚ました女性と目が合うと彼女は、それ、と言い視線でなつめが手にしている時刻表を示した。路線図を開き指で宇都宮あたりをさしていたなつめは、彼女の足元で彼女が落とした時刻表を読み耽っていたみたいになっていたことに気づき、自分でも間抜けと思いつつ、落としましたよ、と言って閉じた時刻表を女性に差し出した。

ありがとうございます、と女性は応えた。首元と耳のあたりを短く刈り込んだ黒髪は、前髪も短くまっすぐに切り揃えられていて、後ろ姿から得たさっぱりとした印象を裏切らなかった。顔の半分はマスクで隠れているが、きりっとした目元から向けられる視線の印象は強く、しかしとげのあるものではなかった。

かがんだ姿勢からゆっくり立ち上がると腰に重たい感触があり、ずいぶん長いことしゃがみ込んでいたのかもしれなかった。すいません、となんとなく謝りつつ自分の席に戻るなつめに女性が後ろから、あの、と声をかけた。

振り向いたなつめに、これ、と女性は時刻表を差し出し、もしよければゆっくりご覧になって、と言った。

え、と固まっているなつめに、どうぞ、と女性は今度は自分が腰をあげ、時刻表を持った手をなつめの方へ伸ばした。時刻表を受け取ったなつめは、どうしたものか困りつつ、ありがとうございます、と礼を言ってもといた席に腰掛け、半ば仕方なく時刻表を開き、ぱらぱらとページをめくった。どのページも細かく並んだ時刻で埋め尽くされ、ページの端に路線名が縦書きで示されている。久大本線、予讃線、七尾線、北越急行、道南いさりび鉄道、肥薩おれんじ鉄道、いろんな場所のいろんな路線の名前が現れては過ぎていった。今日これから行こうと思えば、ここに書かれたどの場所にも行ける。今日中に辿り着かなくても、そこへ向かっていくことができ、向かい続ければ明日とか明後日とかにはたぶん着く。長い長い湘南新宿ラインの上を運ばれて、どこか終点に辿り着いても、さらにその先へと線路は続いている。

体のすぐ横に気配を感じて振り向くとさっきの女性が席に戻らず、通路からなつめの方を覗き込むように立っていて、なつめとまた目が合うと女性は、どこに行くんですか、と言った。

言われてそのとき開いているページを見たら指宿枕崎《いぶすきまくらざき》線のページだったので、枕崎です、となつめは応えた。

女性の目が大きく開かれ、ずいぶん驚いた、というか恐れるような様子だったので、冗談ですよ、となつめは言い、さっき見ていた路線図のページを開いて、宇都宮のあたりをさして、このへんです、と言った。女性はなつめの方に身を乗り出して指さす先を見ようとしたが、字が細かくてとてもじゃないが離れた場所からは見えない。なつめの隣の席に座ってそこからさらになつめの手元に顔を寄せた。老眼で、などとぶつぶつ言っている。間近で見ると、さっきなつめが思っていたよりも女性は年上のようだった。

ああ、このあたり、とようやく女性は言って顔を上げた。私もです。

私も？　となつめは思い、しかしなにも言わずに黙っていた。女性がなにか言うのを少し待ったが彼女はなにも言わないので、あの、冗談ですよ、となつめは言った。

冗談？

これ、ここ。宇都宮。

ええ、宇都宮。私も宇都宮に。

行きませんよ。

え、行かないんですか。

行きません。

じゃあどこに行くんですか。

小田原です。

小田原？

この列車は宇都宮には行きません。小田原行きです。

えっ、と女性は心底驚いたようで、なつめの手元にある時刻表にまた手を伸ばし、それから車内の電光表示を見た。ほんとだ。

反対行きの電車に乗ってしまったんですか？

そうみたいです、女性はそう言って車内の路線図と手元の時刻表を見比べたりしていた。次の停車駅は国府津《こうづ》だった。私もです、となつめは言った。

え？

窓の外には相模湾が見えていた。他人のことを言えたものではないが、こんなところまで反対方向行きだと気づかないまま乗って来られるものだろうか、となつめは思った。しかし間違いに気づきながらも引き返さずこんなところまで運ばれてきた自分も他人から見れば同じようなものだった。私も同じで、となつめは笑った。宇都宮に行くはずだったんですけど、乗り間違えていま反対方向へどんどん運ばれています。

そうなんですか。

現代は、スマホだアプリだと。

え？

現代は、スマホだアプリだと便利な機械や機能がたくさんありますが、電車を乗り違えたり、道に迷ったりしないために本当に必要なのはなんでしょう。

クイズですか。

そうです、となつめは応え、女性はしばらく考えている様子だったが、わからないですね、実際こうして乗り間違えてしまったんだし。

正解は、電車を乗り違えたり、道に迷ったりしない、という意志です。

ああ、と女性はなつめの告げた正解を聞いて、力が抜けたように息を吐いた。私、そういうのに疎いんですよ。疎いというか、そういう意志弱めでこれまでずっと生きてきてしまったから。


これから行くはずだった祖父の家は、と宇都宮の周辺に指先を当ててぐるぐるさせながら、このへん、それからここが益子、と示して女性に教えた。宇都宮の駅からバスに乗って、十五分くらいの家にはいまもう祖父はいない。今日はガミちゃんとミヨちゃんが来て、家のあちこちの雨戸を開け、窓を開けて家のなかに風を通しているだろう。来たついでに作業場で土をこねたり、ろくろを回したり、もしかしたら庭の窯に火を入れてなにか焼いているかもしれない。予定通りだったらもう到着していてもおかしくないなつめのことを待ちながら。

庭に面した居間の掃き出し窓もいまは開け放たれていて、ときどきアブやトンボが家のなかに入り込んでは飛び出していく。竹春はいつもこの居間の座椅子に腰掛けて、庭を見ていた。昔はなにもなく、誰かが来ればすぐに奥まで見通せた庭のまんなかに、いまは原郎たちが造った窯があって、上には雨よけの庇《ひさし》がかかり、周囲には薪がたくさん積んである。原郎とガミちゃんとミヨちゃんが自分たちで煉瓦《れんが》を積み、コンクリートをこねて塗装した窯は、雨よけの庇の下で祠のような形をしている。遠目には誰か偉いひとのお墓か、お地蔵さんでも祀られているみたいで、竹春がいなくなってからはそれを見るひとはそこに竹春が祀られているみたいにも思った。

いやだよ、祀られてんのに毎日火をくべられるなんて。

益子から宇都宮までは電車よりバスの方が便利で、だから益子から竹春の家に来るには車がなければバスを乗り継ぐ形だが、あのへんで生活していると車がひとり一台あるのが普通くらいの感覚で、しかしガミちゃんもミヨちゃんも車は持っていないしそもそも自動車の免許がない。ふたりの足は昔からずっとガミちゃんのバイクで、どこへ行くにも、夏でも冬でも、ガミちゃんの運転するバイクの後ろにミヨちゃんが乗って行く。今日もそうやって竹春の家まで来たし、高速に乗って東京はもちろん、北海道や九州、沖縄まで一緒に行ったこともあった。

焼き物は日本のどこにでもあるからね、各地それぞれで。その土地の窯を見ながらあとはおいしいもの食べて、バイクできれいな景色見て、温泉入って、と居間のちゃぶ台で話すミヨちゃんのそばで、ガミちゃんは、うん、うん、とうなずきながらビールを飲んでいる。まだ昼過ぎだけれど、もう飲みはじめているということは、今日はここに泊まるつもりということだ。

そっちに日本酒もあるよ、と竹春が台所の方を示せば、ガミちゃんはすっと立ち上がって勝手口の脇に並んだ一升瓶のなかから一本持ってきて、竹春の前にもグラスを置いて注いでやる。

ミヨちゃんは下戸だから飲まない。漬物をぽりぽりかじりながら自分でお茶を入れて飲んでいる。ガミちゃんは酔いすぎると乱れるから、一杯飲むたびに茶筒から茶葉を一本取り出して卓の隅に並べて酒量をしっかりカウントしている。もっとも、飲み過ぎて暴れたりけんかしたりすることも若い頃にくらべたらずいぶん減った。昔はほんとうに大変だった、とおいしそうに日本酒のグラスを口に運ぶガミちゃんを見ながらミヨちゃんは思った。

竹春さんがなくなっても、竹春の家、竹春の家、ってみんなが言う。最後にこの家に住んでいたひとだからだろうか。それとももう竹春の前にこの家に住んでいたひとのことを誰も知らなくなってしまったからだろうか。

時刻表のおしつぶされたような日本地図で見ると東京はとても小さく狭く、私の家はこのへんです、と世田谷と思しきあたりを指さしてみてもその指先は二十三区のほとんどを隠してしまった。自分でも驚くが、竹春を引き取ったあの頃から現在に至るまで、なつめは世田谷にある同じ借家に暮らし続けている。

ああ、都内だったら、と女性はページを繰って、東京都心の拡大図のページを開いてみせてくれた。指先ひとつに隠れていたなかにも、拡大すれば数えきれないほどの駅があった。私の家はこのへん、となつめは自宅のありそうなあたりをあらためて指さした。その途端、ちゃんと鍵をかけて出てきたろうか、と不安になった。ポケットを探ると鍵は持っているが、玄関のドアにそいつを差し込んで施錠をしたかどうか、慌てて出てきたから覚えがない。

大丈夫じゃないかな、と女性が言った。私も昔っから出かけた先でしょっちゅう心配になったけど、帰ってみると大抵ちゃんとかかってるのよ。習慣って馬鹿にできないよ。

そうですかね。

そうですよ。

娘が先にひとりで帰ってくるもんですから。

あら、じゃあそれはちょっと心配。

学童保育から帰ってきた娘が、玄関前で母の不在に気づく。ちょっと寂しそうな顔をしたけれど、バッグのポケットから鍵を取り出してドアを開けてなかに入り、玄関で靴を脱いで廊下にあがる。誰もいないはずなのに居間の手前の寝室にひとの気配がある気がして、わずかに開いていたドアの隙間からなかを覗いてみたが誰もいない。畳の上に畳んで置かれた布団は、さっきまでそこに誰かいたみたいにつぶれていたが、これはたぶん母親がここで昼寝をした跡だ、と思った。

私が学校に行ったあとで、お母さんが内緒で昼寝をしているのを私は知ってる。見たわけじゃないけど、そのくらい子どもだってわかる。私がそのことを知ってることをお母さんもたぶん知ってる。

居間に入って灯りを点け、喉が渇いたので冷蔵庫を開けて麦茶をコップに入れて飲んだ。ふと部屋の方を見るとちゃぶ台のところに知らないおじいさんが座っていた。びっくりしたが向こうがあまりに当たり前みたいな風情で座っているので、自分の方が帰ってくる家を間違えたのか、と一瞬思った。しかしそんなわけはなかった。

当たり前みたいに見えたのは、不当に侵入したにしてはちゃぶ台の上にしっかりといろんな料理が並んでいて、ついでに言うとそれがどれもおいしそうで、かつ私の好きなものばかりだったからかもしれない。

手洗ったか、とおじいさんに訊かれたので、まだ、と応えた。

洗っておいで。洗ったら食べよう。そう言われ、まあ言われなくても手は洗う。居間を出て廊下を玄関と反対側に進んだところに洗面所があるからそこで手を洗いながら、さっきちらっと見たちゃぶ台の上に並んでいた料理を思い返す。あれはおじいさんが作ったのでも、お母さんが作ったのでもなく、デパートの地下のお惣菜だと思う。フライ、焼売《しゅうまい》、それからなにが入っているのかわからないけれどもいろんな色が散りばめられたきれいなサラダ。握り寿司に稲荷寿司。

食べ物に釣られて知らないひとについていってはいけない。お菓子を買ってあげる、とかパフェを食べさせてくれる、とか言われても絶対についていってはいけない。自宅に帰ってきて好物を並べて待っていたひとの場合はどうすればいいのか。知らないひとではあるが、悪いひとではなさそうだし。

居間に戻るとおじいさんはいなくなっていて、でも食べ物はちゃんと残っていて変わらずおいしそうだったから、私はそれを食べた。

不思議ですね、となつめは言った。こうして路線図を見ながらあれこれ思い出していると、もういないひともいるみたいに思えてくる。なつめは深い感慨に打たれるようにそう言ったが、女性は、まあ思い出すっていうのはそういうことですからね、と案外ドライな物言いで応えた。列車と違って、時間は一方向にしか流れないものだけど、ひとの物思いは結構簡単に、そこを反対向きに走ってしまったりするものですよ。私たちみたいに、しょっちゅう反対方向行きの電車に乗ってしまうひとなんかはなおさら、もう戻れないはずの時間や、もういないはずのひとのところに、ついうっかり顔を出してしまうのかも。

間もなく終点小田原に到着する、と車内のアナウンスがあった。

でもそのおかげで、といつの間にか同じボックスシートの隣に腰掛けた女性は、こうして思いがけず誰かと出会えたりもする。私も反対行きで、あなたも反対行きだからこうして会えたわけだし。ふたりが一緒に間違えることがなければ、私たちは会えなかったし、今日はこんな一日にはならなかったんでしょう。このあとどうしましょうね。小田原城でも見て、かまぼこでも買って帰りましょうか。

ところで、となつめは言った。あなたは本当はどこに行くつもりだったんですか?

私?　と女性は言って、少し宙空に目を向けていたが、視線を弱めるように息を吐いて、もう忘れちゃったよ、と応えた。

わたし、ちょっとあちこちに連絡しないと、となつめは女性に言った。スマートフォンを手にして、まずは美津夫とやりとりをするメッセージアプリを開いた。美津夫とは五年ほど前、娘が生まれて三年ほどで別れたが、そもそも仕事であちこちに飛び回っていた美津夫と結婚して同居することの方に無理があったという結論で、結婚前の関係に戻ったという方が正しかった。夫婦関係を維持する選択肢もあったが、実情に即しつつ書面上は別れた方が当時の娘の養育上、補助金とか託児におけるメリットがあって、ならばとふたりはあっさり別れた。自分の親とは大違いだ。結婚した当時は美津夫は一年中全国の温泉を巡って取材をしていたが、いまは取材で行ってひどく気に入った会津の山奥の温泉施設の運営にもかかわっていて、東京と会津を行き来する生活を送っていた。通っているうちに管理人と懇意になり、しかし高齢のため施設の維持管理が難しく、跡取りもいないので廃業しようと思うと聞いて、ならばと自分が施設を引き継ぐことにした。なつめも美津夫も困った老人を引き取ったり老人の不動産を引き継いだりと、余裕もないのに妙な面倒見を発揮しがちなのだった。

　彼のＳＮＳの投稿によると、ちょうど今日会津から東京に戻ってくるとのことで、悪いが帰りが遅くなりそうなので夜家に行って娘の面倒を見てくれないか、と言ってみると、ＯＫ、とすぐに返事が来た。美津夫と娘はなんだかんだで毎月一、二度は会っているが、今日帰ったときに家で父親が待っていたら、娘はたぶん思いがけない事態に驚きと嬉しさでおおはしゃぎするだろう。

それから宇都宮のミヨちゃんに、ごめん今日行けなくなった、とメッセージを送った。渋谷から反対行きの電車に乗っちゃっていま小田原、と続けて送ると、泣き笑いの顔のマークが返ってきた。そのあと、こっちは全然大丈夫、せっかくだから小田原楽しんで、とガミちゃんが居間の畳の上で仰向けに寝ている写真も送られてきた。ガミちゃんの横にはわざわざ置かれたと思しき一升瓶が一緒に写っていて、それを見たなつめは、あはは、と笑い、女性に電話の画面を向けて見せた。女性も笑って、かわいい、と言った。

列車が小田原駅に到着した。私ちょっとお腹すいた。じゃあなんか食べて、それからお城に行きましょうか。列車を降りたふたりは話しながらホームから改札口へと向かう階段をのぼった。

青森トラム

能町みね子

のうまち・みねこ

一九七九年、北海道生まれ。文筆業、イラストレーター。著書に『結婚の奴』（平凡社）、『私以外みんな不潔』（幻冬舎文庫）、『お家賃ですけど』（文春文庫）、『私みたいな者に飼われて猫は幸せなんだろうか？』（東京ニュース通信社）、『逃北～つかれたときは北へ逃げます』（文春文庫）、『皆様、関係者の皆様』（文春文庫）など。

津軽弁監修　市川亘
高田りえ

長いトンネルを抜けると雪国であったが、雪はなかった。

五月だから当然だ。

いや、このへんの気候事情を分かっていないから、もしかしたら雪が残っているかも、なんて考えていた。さすがに雪国を買いかぶっていたかもしれない。

新幹線の長いトンネルを抜けて、初めて「雪国」の青森に来た。二十四年分、東京で溜め込んだものが急に爆発したような勢いだった。勢いで来てしまった。

新幹線が八戸《はちのへ》の駅を出たあたりから私はすでに気が急いて席を立ち、キャリーカートとともにデッキにいた。長いトンネルを抜けてしばらく経つと片側の景色が開け、青森の街並みが見えた。青森は大都市だが、背の高い建物が少なく、遠くまで家々が見渡せる。はるか向こうのビルの隙間、街の中心部と思われるあたりに、ツンと立った奇妙な三角形の建物が見えた。アスパムだ。あのビルの中に何が入っているのかよく知らないが、東京といえば東京タワー、大阪といえば通天閣、青森といえばアスパムなのだ。写真でしか見たことのない建物がもう、すぐ近くにある。

新幹線がホームにすべりこむ。私は一番手でホームに降りた。瞬間、うっすらと甘い匂いが鼻をくすぐった。ほかの街で嗅いだことのない匂い。青森だからりんごの香りだろうか？　りんご畑がすぐ近くにあるわけでもないし、さすがにそんなわけないか。

それにしても、来たことのない都会は厄介である。

もしかしたら叔母が車で迎えに来たりしてくれないか、と甘いことを考えていたが、叔母は車を持っていないという。

叔母は当初親身そうに感じたが、私が少しでも縋《すが》りつこうという態度を見せるとドライだった。こちらが新生活に不安を覚えて長々と質問のＬＩＮＥを送っても、二言三言の返事しか返ってこない。

「私は仕事が引きこもりだし、青森は電車で事足りるから車なんかないよ！　あゆちゃんも車持つ気ないでしょ？　練習だと思って自力で来て」

今日の予定についてＬＩＮＥしたときも、こんな感じだった。

教えてもらった叔母の住所から検索しておいたので、最寄駅やルートは分かっているのだが、私はこういうときにいつも駅構内でつまずく。だいたい、新幹線に乗るのだって修学旅行以来なんだから。

キョロキョロしながら乗り換えのつもりで一旦改札を出たら、新幹線の特急券と乗車券が、あっ、二枚とも改札機に吸い込まれてしまった。ええっと、今の切符でもう少し先までJRに乗って行くんじゃなかったっけ。切符がなくなっちゃったけど、いいのかな。「新青森に着きました！」と、様子見のつもりで叔母にLINEを送ってみるが、既読にならない。不安を覚えつつ、ねぶたが飾ってあるコンコースを抜けて、人の流れに身を任せながらエスカレーターを降りてみた。

「津軽鉄道線」「青森市電（トラム）」はこちら、という標識が現れた。「JR乗り場」の文字がない。JRはどこだ。私にとって、こういう標識は役に立ったためしがない。

しかし、「トラム」の標識には小さく「青森駅前・筒井・露草《つゆくさ》方面」と書いてある。叔母の最寄りはトラムの「露草」だったはず。想定していたルートとは違うかもしれないけれど、ともかくこれに乗れば着くってことですよね。ね？

まるで知らない街に来て、今日からここで過ごす、ということで、私は完全に足元がフワフワしていて、集中力が低下している。ふだんはあんまり選択しない「まあどうにかなるか」という気分に支配されて、湯上がりのようにホカホカした気分で「トラム」の矢印が差す方へと向かっていった。

で、トラムとは何なのか。

私はアプリで調べたときも特に気にしていなくて、ごくふつうの私鉄やモノレールのようなものの愛称か何かだと考えていた。乗り場まで来て少し驚いた。トラムって、路面電車のことだったんだ。

東京都下で生まれた私は、路面電車というものに乗ったことがない。都内にもあることは知っているが、用がないし、今まで縁がなかった。

駅前広場の一角の路上に、明らかに電車の形をしたものがデンと鎮座している。見慣れない光景だった。切符売り場らしきものも見当たらない。

行き先を示す電光板に「露草」とあるのを確認しておそるおそる乗ると、乗り方はバスと大して変わらず、幸いSuicaの類が使えるようでホッとした。

平日の昼だというのにトラムはやや混んでいて、いかにも観光客に見える乗客が多かった。大きなキャリーカートを携えて吊り革につかまると、ちょうど叔母からＬＩＮＥが返って来た。

「ごめん～着いた？」

「いま新青森降りてトラムに乗りました」

「え、シンアオからトラムさ乗っちゃったの？ 遠回りだな。楽しんで～。露草着いたら連絡してね」

　トラムさ、トラムさ。

　ここだけ不自然に津軽弁だ。

　叔母らしいなあ、と思う。

　叔母は私と同じで、東京生まれの東京育ちだ。大学を出てから青森に行ったので、流暢に津軽弁が喋れるわけでもない。しかし、私に対してもこういう中途半端な方言ノリをさらっと投げてくるのである。たぶん大阪に行けばハンパな関西弁を話して地元の人に眉をひそめられたりするんだろう。こっちではどうなのかな。

　トラムは新幹線の高架の脇をコトコトと走り、いくつかの停留場を過ぎると、車内アナウンスが「次は、三内丸山遺跡前《さんないまるやま》」と告げた。

　青森の観光地の定番。こんなに来やすいところにあるんだ。正直そんなに興味はないけど、こっちに住むんだとしたら一度来てみたいな。グッズとか、惹かれる物が多そうな気がする。

　観光客たちがドタバタと降りていく。

　続いて「県美前《けんびまえ》」。

　県美——青森県立美術館。ずっと憧れていて、いつか行こうと思いながら、来たことのなかった場所。今は確かヌード絵画を問い直すような企画展をやっていて、こっちに来たら期間中に早く見に行きたいと思っていたのだ。心の準備もなくいきなり「県美」の単語が飛びこんできて、私は一瞬、勢いで降りようかとも考えた。が、もう昼過ぎなので、今から行くんじゃもったいない、行くならじっくり一日かけて回りたい。落ちつけ落ちつけ。白い憧れの建物は窓を行き過ぎる。

この二つの停留場で観光客らしき人たちはほぼ降り、車内はスカスカになった。ドアの上にある路線図を見ると、なるほど、目的地である終点「露草」に行くには、新青森からまずＪＲで「浪打《なみうち》」という駅まで行き、そこからトラムに乗るのが正解だったようだ。私はかなり遠回りして終点まで向かうことになるわけだ。

でも、こののんびりしたトラムで、新鮮な青森の街並みをすぐ近くに見ながら進むのもなかなか悪くない。

私は空いた席に腰掛け、ふだんのようにスマホに目を落とすことなく、ずっと窓の外を見ていた。電車はだんだん下町らしい一角に入りこみ、だんだん商店が増えはじめる。

うとうとしていると「青森駅前」に着いていた。せわしなく客が乗り降りし、再び電車が動き出す。このあたりは街の中心部と見えて、ホテルがあり、デパートがあり、左右に延びるアーケードのついた歩道には人がごった返している。

しばらく進むと、海側に折れる直線道路のつきあたりに巨大な三角形が現れた。さっき見たアスパムだ。

大いに賑わう交差点を通り、最近は新しい雑貨屋やカフェ、クラブなどが増えはじめているという海近くの倉庫街を眺め、イベント会場としてよく名前を聞く合浦《がっぽ》公園を通り……このトラムは、私が事前に軽く調べた青森の気になる場所を総ざらいするような道のりを進んでいる。

五十分ほどかけて終点の露草に着いたとき、私はすでにひととおり青森を観光したような気分になっていた。さっき叔母がＬＩＮＥで、遠回りを「楽しんで」と言ってきたことが少し気になっていたけれど、叔母もトラムは「楽しむ」ものだと思っているのかもしれない。

青森市は言うまでもなく、北日本で最も栄えている都市だ。

改めて青森市のウィキペディアを読んでみると、青森は、戦前から北東北と北海道の南端をつなぐ交通の要衝として栄えてはいたものの、北国の平凡な一都市という感じであったらしい。今のようなイメージが形作られたのは戦後しばらくしてからで――

「昭和四十年代、県知事と市長が『文化産業立県』および『新しい教育文化都市宣言』を掲げ、積極的な大学誘致運動をはたらきかけるとともに、芸術文化産業に対して税制優遇策を講じた。それに応じて、まず東京都内にあった国立教育芸術大学が移転し、市内筒井に青森先端芸術大として開学（昭和四十五年）。これを大きな契機として、それまで東京一点集中が当然であった音楽・出版等の文化産業の中から徐々に青森へ移転する企業が増えはじめた。昭和五十年に東北新幹線が新青森駅まで全通したことで、ネックであった交通の便も改善。それに伴って都市部が拡大、人口も急増した。同年の棟方志功《むなかたしこう》国際版画芸術館の開館、青森工芸大学の開学（昭和五十六年）を経て、昭和末期には『文化・芸術の街』というイメージが定着する。バブル経済の勢いも得て平成初期には人口が札幌市を超える」——

私が物心ついたときにはすでに青森は今のような印象の街だった。憧れの「県美」の開館は二〇〇六年で、すでに青森に芸術の街というイメージがついてからのことだ。

こういった環境で生まれ育てば、私ももっと気負いなく自分のやりたい仕事をしたり、言いたいことを言ったりできたのかもしれない……と、仮想世界の自分を想像する。そして、現実の自分をかえりみて、虚しさが鼻先をかすめる。

私は東京都下、西武新宿線沿線で生まれ育ち、公立小中学校、近くの都立高校を出て、実家から通える短大に行き、実家に住みつづけながら池袋の会社に勤めた。

最寄り駅まで小走りして十分弱、そこからぎゅうぎゅうの電車に乗って高田馬場へ。民族大移動と呼びたくなるような人の群れとともに、スマホを歩き見しながら階段を上り下りし、山手線に乗り換えて池袋へ。そこから徒歩六分で会社。慣れすぎて、味も素っ気もない毎日の風景。

就職活動時は何かしら漠然とクリエイティブなことに関わりたい、と思っていたけれど、当てずっぽうに音楽系や映像系やネットメディア系の会社を受けてことごとく落ち、私はマーケティングの会社に入社した。漠然と夢想していたクリエイティブな要素は、ここにはかけらもなかった。あてがわれた仕事といえば、アンケートの取りまとめ、下請け会社とのやり取り、データやスケジュール管理などの雑務。

とはいえ、モチベーション皆無で仕事をしていたかといえば、そうでもなかった。

激務でもないし、社内の人間関係にもさほど問題はない。社内にストレスとなる要素は少なく、給料もごく一般的。早く仕事が終われば池袋で買い物をしたり映画を見たりして帰ることもできた。

大きな不満はなかった。

小さな不満はいくらでもあった。

まず通勤列車が嫌だった。もちろん混んでいること自体が不愉快だし、痴漢被害のリスクも日々感じていた。露出の高い服を着た人よりも、地味めの服を着た抵抗できなそうな容姿の女のほうが被害に遭いやすいなどとよく言われるが、私はまさにそのとおりの外見をしていた。黒髪でミディアムボブでメイクは薄いし、スカートこそあまり好まないものの目立たないモノトーンの服ばかり着ているので、いかにも狙いやすいだろうと自覚していた。電車内で、「偶然で当たっているにしては不自然すぎる」とモヤモヤすることは頻繁にあった。かといって、一人暮らしをして会社の近くに引っ越そうという踏ん切りもつかなかった。家事のほとんどをパートの母にやってもらっていて、帰れば何かしら晩ご飯がある、しかも給料は家賃に消えることがない。そんな甘ったれた状況を手放す気にはあまりなれなかった。それでいて、そんな環境にどっぷり浸かってしまっている自分も嫌だった。

一回り上の直属上司である松谷さん・三十六歳も、ほんの少しだけ嫌な部分があった。彼は私のことを「あゆっち」と呼んだ。同期の男子は「半田くん」「荒川くん」と呼ばれていたのに、私・水越亜由葉《みずこしあゆは》は「あゆっち」、一期下の塚原美織さんも下の名前で「みおりん」と呼ばれていた。彼はそれ以上馴れ馴れしくはしない。ボディタッチをすることもないし、パワハラもない、飲み会の強要もない、お茶出しを女性社員にばかりやらせたりもしない。仕事面ではむしろ尊敬できるほどで、それで呼び方だけが馴れ馴れしく、そこだけパーソナルスペースを踏み越えてくるようで却って厄介だった。塚原さんは「みおりん」をスムーズに受け入れているように見えたのも、ずっと私ののどにつかえていた。

そして何より、特に愛着のない生まれ育った街にぼんやりと住みつづけ、自分が何もオリジナリティのあることをしていない、生まれてからずっと何も生み出していないように思える生活が続いていることが不満だった。

会社を辞めて突然留学を決めましたとか、中年になってからやりたいことをやろうと思って勉強を始めましたとか、ネットでたまにエンカウントするキラキラした記事を読むたびに、二十代って私みたいなこういう感じでいいんだっけ、もう少し刺激的な何かがあったりしないんだっけ、などと、ふわふわした焦燥感がずっとくすぶっているのを感じていた。

でも、突き動かされるようにやりたいことがあるわけでもなかった。私は友人があまりいなくても苦ではないので、ひとりで行動してばかりいて、周りの誰かに強引に誘われたり、身近な人に刺激を受けて何かが始まったりという機会がなかった。ひとりで映画を見に行ったり、ライブや展示を見に行ったり、クリエイティブなものには触れつつ、余暇をほどほどに楽しく暮らしているうち、社会人生活の二年は矢のように過ぎた。

そこに、コロナウイルスがやってきた。

会社は急にリモート勤務になり、私は嫌だった通勤電車にはあまり乗らなくてもよくなり、実家にこもりきりの生活となった。

最初は不安になり、次に飽き、ぐうたらし、それでも仕事は問題なくこなし、いつの間にか八キロ太った。

そしてまた二年が過ぎた。

その間にだんだんコロナの締めつけもゆるみ、出社する日も増え、私は痩せようと反省してウォーキングを始めた。しかし、勝手知ったる実家の周りを歩いて、これといって新しい発見もない。どこそこの家の花が咲いたとか、あそこにいつの間にかお店ができたとかつぶれたとか、変化をどうにかとらえて楽しもうとするものの、結局興味の持てる情報がないことにうんざりし、だんだん当てつけのように、この街が悪いんじゃないかと、私にあらゆるモチベーションが足りなくてこんな生活になっているのはここにずっと居座りつづけているのがよくないんじゃないかと、焦燥感はなお高まりはじめた。

私は本気でダイエットに励むこともなく、二キロ減ったのがせいいっぱいだった。トータルで私は二年前より六キロ太っていた。

そんなときに、インスタグラムで叔母に再会してしまった。

父の、年の離れた妹である叔母は、私の実家からそう遠くない国分寺で生まれ育ち、私とそう変わらない道のりを歩んで都内の私立大学に行った。しかし、大学在学中にはすでに漫画家としてデビューしていたらしい。

叔母は「華子《はなこ》」という名で、父は叔母のことを冗談めかしてよく「ハナタレ」と呼んでいた。漫画家としてのペンネーム「花田霊《はなだれい》」はそこに由来する。私が小学校に入った頃、すでに叔母のことは「漫画家のおばさん」として認識していた。よく親族の集まりでは会っていたが、作品は大人向けだからといわれてあまり見せてもらえず、大人の目を盗んでチラリと読んでもいまいち面白さが分からなかった。それでも、親戚に漫画家がいることは大いに誇りだった。

その叔母が急に青森に引っ越したと聞いたのは、私が中学三年生の頃だった。

結婚でもしたのかと思ったが、父が言うには「あっちのほうがおもしろいし、仕事がしやすいんだって。ほらあっちは芸術家とか多いんだろ？　ハナタレは自由人だからしゃあない」とのことだった。

この言葉は妙に私の頭に残っていた。芸術家が多い、自由人の街がある、ということ。

それから私は叔母に会うこともなくなってしまい、そのまま少し疎遠になってしまったが、実は作品だけは中学に上がった頃から熱心に読んでいた。

というのも、小学生の時によく理解できなかった叔母の漫画は、要はＢＬ作品だったのである。

中学で入った美術部の先輩は、なんと花田霊の大ファンだった。私は家族以外の人から叔母の漫画を布教され、そして、まんまとはまってしまったのである。

中学に上がってから読んだ叔母の漫画は、私の性に、いや、体に合っていた。その線の美しさや空間の使い方、透明感、コマ割りからストーリー展開まで見事に私好みで、スルスルと飲み込むように読めてしまい、私のために描かれたんじゃないかと思うほどだった。初期のＢＬ作品は、特に心理描写に重みが置かれていて、流れに不自然さがないのがいい。そういう作風だからすぐに非ＢＬでも頭角を現し、私が中学の頃にはちょうど青年誌でも人気を博していた。私は同人誌から商業誌に載った青年向け作品まで、花田霊の作品をことごとく読みあさった。距離が遠くなったために私は却って叔母を親族ではなく一漫画家として見るようになり、本人に愛読者だと告げることもなく、ひそかに大ファンになってしまったのだ。

私が上げるインスタの写真は、つまらない。どこかに行っておいしいものを食べたら、たまに写す。ネイルをきれいにしてもらったら、写しておく。誰かのために撮っているわけではないから、別にそんなものでいいと思っている。

しかし、私が私のためにキュレーションしたインスタのタイムラインは、私にとっては最高だ。耽美的なイラストレーターの繊細なクロッキー。タトゥーアーティストのぶっ飛んだタトゥー。光差す廃墟。女の子が描いた、ちょっとグロくて美しい女の子。昆虫をかたどったアクセサリー。好きなものが並ぶそのタイムラインには、アルゴリズムによって、勝手に私が好きそうなアカウントがハイどうぞと差し出され、日々洗練されていく。

そんなタイムラインに、コロナ禍のある日、ふいにmizukoshihanakoなるアカウントが現れて、フリックする手が止まった。

mizukoshihanako＝水越華子は、叔母の本名である。

叔母の作品はチェックしていたし、時々告知が流れるツイッターは見ていたのだが、本名名義のインスタがあるなんてことはまったく知らなかった。

叔母のインスタに上がっている写真は、漫画家としての一面とはまったく違うテイストだった。過去の写真をずっと見ていくと、誰だか分からない人たちのポートレートがひたすら並んでいた。キャプションがないので写真の意図や状況は分からないが、定期的に同じ人が出てくるので、まるで知らない人を撮っているのではなく、おそらく友人を撮っているものなんだろう。

満面の笑みで港でポーズを決める二十代くらいの女の子。

倉庫街をバックにポーズを決める、とても手足の長い女の子。

白に近い金髪の短髪で、一見男か女か分からない体格のいい人。

キスをしている肌の浅黒い女の子二人。

露出度の高いボンデージ風の服を着た、短髪でヒゲの男の人。

レインボーカラーのファンキーな服を着たドラァグクイーンのようなメイクをした人。

全員が平面から飛び出すかのような瑞々しさで、彩度高く写っていた。

時おり、ブレイクするように青森の風景が差し挟まれる。

除雪されて道端にうず高く積まれた雪。

夜の吹雪の中にぼんやり光る何かのネオン。

青く広い空の下にツンと立つどこかの灯台。

漫画家としての一面がほとんど出てこないので、最初は単なる同姓同名かとも疑ったが、ごくたまに、叔母自身が著名な漫画家やイラストレーターと撮った写真もあった。ああ本当に叔母は青森で漫画家をやってるんだなあ、と急に我に返るような気持ちになる。ついでにストーリーズをのぞくと、叔母本人がクラブらしきところでふざけている動画や、女友達とじゃれ合う動画が大量に出てきた。

あえて本名名義でやっているということは、漫画家としての自分とはまた異なる面の私生活をそこに記録したかったんだろう。確かにそこには、漫画作品だけではまったく分からない、叔母の鮮やかで進歩的な生活が詰まっていた。

私の頭に、ふいに「叔母のいる街に住みたい」という考えが浮かんだ。

叔母がいっそうすてきに、洗練された人になったのは、叔母が何のツテもないのに青森に思い切って上青したからに違いない――私は何の根拠もなく、街と人格を結びつけた。

この街に生まれたときから住みつづけた結果いまこうなっている私が、何かを……自分でも分からない何かを打開するためには、叔母を見習うのがいいんじゃないか。そんな考えが頭から離れなくなった。

学生時代には地方から上京してきた人にもたくさん会ったことがあるけれど、私は彼ら彼女らの「上京」という行為にかける思いについてピンと来ていなかった。そんなふうに物理的な手段で一気に状況を変える、というのが上京であり、私や叔母にとっては上青なのかもしれない。


はじめまして・・・ではないのですが、こんにちは。急なＤＭ失礼します。姪の亜由葉です。ごぶさたしております。インスタをたまたま見つけてしまって、写真がとても素敵なのでこっそりずっとフォローしていました――

勢い余って、いきなり叔母にDMを送りつけようと文章を打ちはじめてしまったけれど、果たして私は何がしたいんだろう。憧れています、あなたの街に住みたいです――って、急に言われても叔母だってどうしたらいいか困るよね。

――突然ですが、会社を辞めて実家を離れてみたくなりました。ダメ元でお願いなのですが、おばさんのお家に少しの間住まわせてもらえないでしょうか?

ここまで書いて、いくらなんでも突拍子がなさすぎる、断られるに決まってる、と思う。どうしようか、もう少しやりとりしてからこの提案を打ち明けるべきだろうか。ちょっと消極的な気持ちが去来した瞬間、ネガティブさを振り払おうとして、頭の中のスイッチが急に「GO!」のほうに入った。

その勢いで、私は送信マークをタップした。

ああー、やっちゃった。断られるよ、さすがに。

そうだ、こうやって送ったことで私のアカウントがバレて、叔母に私のどうでもいい日常の写真が見られちゃうなあ。恥ずかしいなあ……。どうでもいいことが先に思い浮かんで、そのあと、会社を辞めるとか、居候したいとか、さっき思いついたばかりの計画を決定事項のように書いてしまったことに、鼓動が高鳴ってきた。もちろん同居する両親にもこんなことは全く相談していない。いや、大丈夫、こんなむちゃくちゃなお願い、断られるから。大丈夫大丈夫。

亜由葉ちゃん超久しぶりですね！ びっくり〜！ うち無駄に広いからオッケー！ 来なよ〜〜

翌朝すぐ、絵文字つきでこんなあっけらかんとした返事が来た。吐くかと思った。

こんな、完全に勢いで言いだした話、きっと両親には強硬に反対されるだろうと思ったら、そこにも案外壁はなかった。

父はやや眉をひそめたが、いいかげんで自由人すぎるハナタレの元だと悪影響を受けないか、ということへの心配でしかなかった。会社を辞めて急に青森に行くということについては「まあ若いんだから、亜由葉がいいと思うんなら行ってみな」とずいぶんあっさり言う。母に至っては、私より先走って興奮していた。アユがいるんだったら私も遊びに行けるから助かる！　などと言い出し、旅行情報のサイトを見ながらあそこも行きたい、ここも行きたい、とはしゃぎ出す始末で、私のほうが引いてしまった。

会社のほうもあっけないものだった。かなりドギマギしながら退社の意志を松谷さんに伝えたが、驚かれはしたものの、説得されることはなかった。「あゆっちいなくなるのは寂しいけど」と言われて、その瞬間に私はやはりこの会社に未練がないということも確認できた。大した仕事も任されていないし、私は会社の人たちとはあまり深い関係を築かないようにしてきたから、強く引き留める人なんていないのも当然だ。

さて、困った。できれば誰かに強めに叱ったり、止めたりしてもらいたかった。私はこの機会に、東京にいなければいけない理由を誰かに教えてもらいたかったのだ。でも、いよいよそんな理由はないらしい。

上青したところで、何がしたいかなんてなんにも思いついていない。なんなら、誰かの心配とか嘲笑とか、ネガティブな反応への反動で取り組むことを決めたかった。

昔からこうなんだ、私の周りは。干渉しすぎない親、あまり踏み込んでこない友人や同僚。それはとても心地いいこと。今の時代、人の内面に踏み込まず、決断を若い個人にまかせてくれるのはありがたいこと。私自身もそう思って暮らしてきたのだけれど、たまに少し縋りつきたかったり、縋りつかれたかったりすることがある。そんな思いは閃光のように心を行きすぎて、噛《か》み砕き反芻する前に消えてしまう。

こうして、私の青森行きは大変な勢いで決まった。私は仕事の引き継ぎをさっさと終え、四月一杯という中途半端な期限で会社を辞めた。そして、ゴールデンウィーク直後に生活必需品をむりやりキャリーカートに詰めて新幹線に乗ったのだ。


終点である露草の停留場は、大きなショッピングモールの駐車場の一角にあった。これもまた見慣れない光景で、違和感がある。終点だけど、私が知るような鉄道駅と違って、駅前に広場があったり、商店がぎっしり立っていたりはしない。モールの利用者が多いので、人通りはそれなりにあった。

停留場に突っ立って待っていると、駐車場の向こうから叔母が歩いてきた。

ああ、あれは間違いなく叔母だ。実際に会うのは十年以上ぶりだというのに、歩道を歩いてくる叔母は遠くからでもすぐに分かる。

なにせ頭が光り輝いている。白に近いスカイブルーのショートカットが太陽光に照らされている。蛍光黄色のマスク、ショッキングピンクのワンピースに緑と黒のボーダーのカーディガン。原色のエネルギーの塊みたいなのがこっちに近づいてくる。

「あゆっちゃ〜ん久しぶり〜！」

まるっきり手ぶらの叔母は、歌うようにこう言って両手を出してきた。ハグしたいのかな、と思いつつ、私はそういうのが苦手なのでぎこちなく手を出したら、叔母はハイタッチをしたかったらしい。ソフトタッチの変なハイタッチになった。

「えっと、おばさん、こんにちは、ごぶさたしてます」

「まず『おばさん』やめて。呼ばれたことなくてめぐせぇから！　華子さんにしといて」

「めぐせえ……？　は、華子さん」

「いんやぁ、ひとりでよく来れたね〜！　って、もう社会人だもんね、小学生のイメージしかないからさあ。会社辞めちゃったんでしょ思い切ったね！　青森初めてだよね？　どうしよっかな、お昼ごはん食べた？　あ、でもとりあえず荷物大きいからウチ行こっか」

叔母さん……ではなくて華子さんは、勝手にベラベラ喋ってさっさと背を向けて歩き始め、私は重い荷物をガラガラ引いて必死でついていった。

華子さんの家は露草の停留場から歩いて三分程度のところにある古いマンション。エレベーターで三階に上がり、薄暗い廊下を進んだ突き当たりが彼女の自宅だった。間取りは3LDKで、三部屋あるうちのいちばん小さな、四畳半程度の部屋が私のスペースということだった。「一応片づけたけどこれが限界」と言われたその部屋はまんなかにどうにかふとんを敷ける程度のスペースができていたが、家具や本、何が入っているか分からない段ボールなどがむりやり壁際に寄せてあるだけの状態だった。華子さんは自分の棲家のことを「無駄に広い」と言っていたからよほど余裕があるのかと思っていたが、広ければ広いぶんだけ散らかす性分なのかもしれない。

荷物を置いて、さて、部屋をぐるりと見回す。並んでいる漫画には意外にも華子さんが描くようなジャンルのものはほとんどなく、少年誌や青年誌向けと思われるものが多い。まるで男子大学生のような取りそろえで少し笑ってしまう。その中の一つ、ヤンキー漫画みたいなものをパラパラめくっていると、華子さんがドアをガバッと開けてきた。ビクッとして振り返る。

「ね、お昼ごはん行こ！　近所においしい魚粉焼きそば屋っていうのができてここオススメだからさ、亜由葉つきあって」

雪崩のような勢いで言ってきた。ついさっき「あゆちゃん」だったのに、もう呼び捨てになっている。

今までインスタのストーリーズでさんざん「動く華子さん」を見てきたし、ＬＩＮＥのやりとりでも雰囲気は分かっていたつもりなのだが、耽美的な漫画作品や、フェティッシュで芸術性の高い写真作品に憧れるあまり、私はもう少しスタイリッシュでクールな人格をイメージしてしまっていた。実在のせわしない華子さんに慣れるまでそうとう時間がかかるかもしれない。

魚粉焼きそばという、特に青森名物でもなんでもない料理を食べながら、華子さんは私に遠慮なく質問をぶつけてきた。

むかし会ったことがあるとはいえ、ふつう人と人はもう少し遠慮がちに距離を詰めるものじゃないのか。だいぶ締めつけがゆるんでいるとはいえコロナ禍が収まってはいない今、久しぶりに会った人と至近距離で大きな声で話すことに抵抗はないのか。押しが強めの人を極力避けてきた私としては、現時点ですでに過剰な圧をぐいぐい感じている。

「このノーマルの魚粉焼きそばがまずおいしいのね。それで、実家出たくなったたって言うけど、こっちに仕事のあてとかあるんだっけ？」

「おいしい、ですね……。えー、ないです……」

「海鮮塩もいいよ。今度頼みなー。こっちに友達とかもいないの？」

「へー、あ、いないです」

「でも会社辞めて来ちゃったんでしょ？　あ、私今日目玉焼きつけようと思ってたのに忘れたわー。何かやりたいことあって来たんじゃないの？」

「あー、うーん……」

「やりたいことも特にないの？」

「えー、えーと」

　華子さんは円い目をして、食べもののレポートとともにまったくオブラートに包まない直球の質問をバンバン投げてくる。質問というより私にとっては詰問だ。

　やりたいこと……確かに明確な仕事とか、なんらかの芸術活動とか、そういう「やりたいこと」はない。でも、抽象的なことなら、言えなくもない気がする。ただ、今こんなにまったく何も持っていない状態では、なんらかの秘めたる意志を発表するのも恥ずかしくてしかたない。

　あえて言葉にするならば……、華子さんみたいに楽しく、弾けて、生きてみたいです。……なんて、そんな子供みたいな言い方、できるわけがない。問い詰められると泣けてきそうになる。

「ほらＤＭで私の写真がすてきとか言ってくれたじゃん？　だから写真とかやってるのかなと思って。あ、紅しょうが取って。でも、私の写真もただの素人の、友達の写真だしさあ。ていうか、亜由葉のインスタも特に『作品』って感じじゃないもんね、何か別に作品とかあるの？」

あれだけ個性的な人ばかりを取りそろえた、私が強く惹かれた鮮やかな写真たちを華子さんはあっさりと「ただの素人の、友達の写真」と言い切った。

「あ、あの、写真はそんな……っていうか、写真、やってないです」

「えっじゃあ、まさか漫画のほう？　私ムリだよ弟子とか取れないよ、ふふ」

要は、写真でも漫画でもなんでもいいのだ、私が生きる価値を見いだせるような、楽しくなれる何かが、何かがあれば。写真をやりたいとか漫画を描きたいとか、そういう表面的なことじゃない。なんだろう、華子さんの写真で輝いている「友達」たちのように、もう少し自分の中に、そういう芯の通った、何かを探せれば……。

「いいえ、あの！　じ、自分探し、したいのかも」

華子さんに押されつづける流れを止めたいあまり、これだけは言いたくなかったという言葉が口をついて出てしまった。

自分探し。なんて陳腐な言葉。

勢いよく出てきた恥ずかしさの塊とともにうっかり涙がこぼれそうになった。

華子さんは「自分探し」の言葉に大笑いでもするんじゃないかと思ったが、一瞬の間を置いたあと、「え〜そっか〜、いいね！　そういうのすごいいいと思うよ。今のうちに探すといいよ！」と、本心のさぐりづらい言葉を発した。そして、質問の連発を一旦止め、焼きそばをすする作業に集中しはじめた。

このマンションの家賃は十五万円らしい。

予想よりかなり高くて絶句し、半分負担したいけど払えるかどうか自信がない、みたいなことをメソメソ言っていると、華子さんは驚いて「じゃあ三万でいいわ」と言ってくれた。彼女はそもそも私が家賃を払う気でいるとは思っていなかったらしい。実家暮らしのまま会社員をやっていたから幸い私にはまだ貯金があるし、完全な居候では肩身が狭いので、少しでも払えることになってホッとした。

「私は家で仕事してるしでかけるときはでかけるし、好きにやるから、亜由葉もまあ好きにやって。一応お兄ちゃんからはちゃんと見るように言われてるから、夜遅くなるときとかどっか泊まるときはＬＩＮＥくらいして」

華子さんの言いつけはこれくらいしかなかった。常々インスタで見ていたとおり、彼女自身が外で飲んできたり遊んできたりということが多いようなので、私も何にも縛られず、解放された気分で新生活をしばらく楽しむことにした。

まずは仕事やアルバイトでも探すというのが正しい若者の在り方だと分かってはいるものの、私はまずこの新しい街を見て回りたかった。私が選んだ街を。

まず何日かは、近所をぶらぶら歩いて回った。

露草はさほど特徴がない郊外の住宅地だが、ところどころに小さなカフェがあったり、雑貨屋があったりもする。しばらく歩いて街道を越えると、急に海が現れた。ビーチがあるわけでも、港があるわけでもない、住宅地に面した海。

私はこの風景が珍しくて気に入り、それから数日は、昼過ぎにカフェでテイクアウトしたスパイスチャイを持って海の近くの公園に通った。せっかく青森に来たのだからと、家から持ってきた太宰治や寺山修司の文庫をベンチで読んだり、居眠りしたりして、きわめて優雅に過ごした。

露草からはだいたい五分おきくらいにトラムが出ているようだった。数日後からは、このトラムに乗って市内をぶらつくことにした。

家を出て停留場に向かうと、「青森銀行」か「みちのく銀行」、あるいはおみやげで全国的にも有名な「久慈良餅《くじらもち》」や「ラグノオ」など、地元企業の広告をラッピングした派手な車両が二両で私を待っている。

停留場の柱に、「一日乗車券」なる表示があるのを発見。各営業所および車内で販売中。六百円也。いいね。

私は計画もなくトラムに飛び乗り、車内で一日券を求めた。私とさほど年の変わらなそうな女性の運転士が足元の引き出しを探って、ちょっとレトロで大きめのチケットを出してくれた。

トラムはのんびり、私が初日に来たルートを逆に進む。郊外の街並みを抜け、海際を通り、繁華街に差しかかる。「柳町」という停留場では、人の乗り降りが激しい。周囲にはデパートらしき建物やオフィスビルが建ち並んでいる。このへんから「青森駅前」のあたりまでがいちばん賑やかだったな、と思い出し、降りてみることにした。

交差点の角に、都内では聞いたこともない巨大百貨店がでんと二つ構えていた。「松木屋」と「中三《なかさん》」というらしい。地下街の入り口の階段を降りていくと、ここから空港まで十五分で行くことを売りにしている「弘前電鉄スカイライナー」の広告が地元タレントを使って派手に展開されていて、そのほかにもこのあたりには市営地下鉄が乗り入れているらしく、どこに行っても人でごった返していた。

私は東京以外の都会らしい都会に来るのがほぼ初めてで、おのぼりさんのような気分だ。二つのデパ地下を流し見して比べたり、二つのデパートの上階でウィンドウショッピングをしたり。東京でもできるようなことをしばらく味わい、それだけでも十分に気分が良くなってくる。

トラムと同じルートを、駅のほうへ歩いてみる。ここは新町通りというアーケード街になっている。池袋ほどではないものの、ここも常に人が絶えない。昔ながらの商店からごく最近できたと思われる中高生向けの店まで、特に法則性なくごちゃごちゃとひしめいていて、歩いているだけでワクワクする。個人経営の喫茶店が多いように感じる。

「県庁通り」の停留場から少し進んだところにある広い通りで海側を眺めると、例の三角形の建物、アスパムがそびえ立っていた。

しかし、いざこちらに住むつもりで来ると、ふしぎとあまりこの建物の中には興味が湧かなくなってしまった。東京に住んでいたときも、そういえば東京タワーの中には一度も入ったことがなかった。そんなものなのかもしれない。

アスパムには立ち寄らずに駅に向かうと、途中に「カネチョウ」というまた聞いたことのないデパートがあって、ついこちらにも寄ってしまった。こちらはさっきの二店舗よりもちょっと古く、これはこれで味わいがあった。少し天井の低いデパ地下を徘徊して、せっかく来たから何か買って帰ろうと思い、ラグノオの「気になるリンゴ」という、リンゴがまるごと入ったパイ菓子だけ買って帰った。

「これ、久しぶりに食べるわ」

私が新町界隈を散策した次の日、華子さんはいつもより少し早く起き、何をするより前に「気になるリンゴ」に手をつけながらモゴモゴと喋った。

私はこのお菓子によく合う、こないだ行ったカフェで買ったシナモンが香るスパイスチャイを淹れて飲んでいる。華子さんも喜ぶだろうと思って買ってきたら、華子さんはスパイスが強いのが苦手らしく、私ばかり飲んでいる。

私がここにきて一週間。最初に焼きそばに誘われたとき以来、華子さんと私の会話はほとんどなかった。生活リズムが違いすぎた。

初日は漫画の〆切が迫っていたそうで、焼きそば店から帰ったあとにスマホを見てあわてはじめ、「ごめん今日あんまり構えないんだった」と言い残して華子さんはそそくさと仕事部屋に引きこもった。私が散歩のついでにお惣菜を多めに買って帰ってくると、いくつかをぶんどってまた部屋にこもってしまった。

華子さんは、いつも私よりかなり遅く起きる。だいたい私が自分の朝ごはんを簡単に用意して、食べ終わり、身支度をした頃にやっとのろのろと起きてくる。私も少しだけ気をつかい、おかずや果物などを少し華子さんに残しながら、ほとんど話もせずにさっさと外に出てしまう。その繰り返しだった。

「『気になるリンゴ』って本気のおみやげって感じだから、あんまり地元の人買わないんだよね。亜由葉、毎日どこ行ってんの？」

初めて自分の行動について聞かれ、そういえば毎日何をしてるんだっけ、と一瞬逡巡して、私は「街を……。街を見てます……」と言った。ぶっきらぼうな答えのようで、声に出すと妙に詩的な感じになってしまった。

「街？　遺跡とか美術館とか、行ってないの？」

「行ってないです」

「そっか。まあ亜由葉は観光しに来たんじゃないもんね」

そう言われて、私って観光じゃなくて何しに来たんだっけ？　と改めて考えていると、華子さんがまた直球を投げてきた。

「自分、見つかった？」

最初に「自分探し」と言ったことをバカにしているのか、マジメな答えを求めているのか。全く分からない平坦な調子で華子さんが聞いてきたので、私もつとめて平坦な調子で「まだですねー」と答えた。

新町界隈をある程度歩いたので、別の日、また違う停留場で降りてみることにした。

新町よりもだいぶ手前、「莨町《たばこまち》」という停留場で降りて、その次の「蜆貝町《しじみかいまち》」にかけて海際を歩く。

このあたりはかつて倉庫街だったらしい。今も使われているものもあれば、中をまるまる改装して雑貨屋やギャラリーなどになっている物件もある。エネルギーのある人が作り出している光景に心浮き立って、いくつかアクセサリーなんか買ってみた。ブックカフェを見つけてランチを食べたあと、地図を縦に下りる形で進んでみると、ド派手な看板が増えはじめる。このあたりはどうやら昔ながらの猥雑な風俗街らしい。昼間であまりひとけはないが、不意にそんな街並みの中に名画座らしき映画館が現れ、心惹かれる。くねくね歩いているうちに、地下鉄の「大工町駅」の入り口が見えてきた。このあたりは風俗街と地続きになった飲み屋街という雰囲気だ。昼下がりなので、ここにもまだそんなに人通りがない。どこかに私でもふらっと入れそうなお店はないかと、看板のデザインだけで店内の雰囲気を想像しながら歩いた。

毎日のように露草停留場でトラムに乗って、必ず車内で一日乗車券を買う。この日もまた別の停留場に行ってみようと考えた。来青した日以来、まだ「青森駅前」より先には行ったことがない。「古川」というところも栄えているようなので、見物に行ってみることにした。

トラムに乗ると、三分の二くらいの確率で女性の運転士にあたる。たまたまなのか、青森のトラムには女性の採用枠が多いのか。なにせみんなマスクをしているご時世なので顔は分かりづらいのだが、私の乗る時間がだいたい同じせいか、そのうち一人の女の人には確実に顔を覚えられ、お互いに認識するようになってしまった。

年は三十歳手前くらいだろうか。彼女は髪にインナーカラーを入れていた。それがちょうどスパイスチャイのような淡い茶色で好ましく、その髪をいつも後ろで一つにお団子にまとめ、その上から制帽をかぶっていた。初めて見たとき、インナーカラーの部分が帽子と耳の間から少しのぞいているのを見て、トラムの運転士ってこんな明るく髪を染めてもいいんだなあ、と思って記憶に残ってしまった。

三回目くらいに会ったときは、私が言う前に「一日券ですか?」と聞いてきたので、あぁ、こっちも顔を覚えられてしまった、と妙に恥ずかしくなった。毎度この駅から一日券を買う女なんてほかにいないだろうし、覚えられて当然だ。

古川に行こうとしたその日も、またスパイスチャイのインナーカラーを入れた運転士に当たった。

前乗りの乗車口から足を踏み入れてすぐ、あっ、チャイさんだ、と頭の中でつぶやいた。私はその人に、勝手にチャイさんというあだ名をつけてしまっていた。

チャイさんもチャイさんで、乗って目が合うなり「一日券……ですよね」と話しかけてきた。マスクで顔の半分が見えないけれど、濃い眉と彫りが深い印象的なまなざしが少しゆるみ、ピンと私を引きつけた。こちらもついはにかんで、ハイ、とだけ言った。

運転席の斜め後ろの席に座って、運転するチャイさんを見ていた。

彼女は、時には大げさに指さし確認をしたり、声に出して「オーライ」と言ったりもする。トラムの運転士って本当にこんなことをするんだな、と変に感心してしまう。

私はトラムそのものが、毎日乗るほどに好きになっていた。

車両には新しいものもあるが、停留場や線路などの設備はいかにも古く、カーブを曲がるときはキーキーやかましい音を立てるし、時には信号で止まる。車どころか、ヘタをすれば自転車よりも遅い。それに、車も多い街の中心部で、路面にある細い停留場はとても前近代的な危なさを秘めている。

しかし、いつもたった二両で、ほどほどの乗客密度でのんびり進むトラムはこの街に似合っていると思う。子供のように窓枠に手でもかけて外を眺めたくなってしまう。時には今日みたいに、運転士さんをじっと見つめていたくなってしまう。

私は後ろからチャイさんをぼんやり見ているうちに、いつの間にか手の動きに目を奪われていた。背中越しだからちゃんと見えるわけではないが、チャイさんは自動車とは全く違う、なにがなんだか分からないハンドルを両手を使ってがちゃがちゃ回したりひねったりしているように見える。規定があるのかないのか、ハンドルを握る手は日によって白手袋をしていることもあれば、していないこともあった。この日はしておらず、ぬめりとのびた指の先には各指の爪に別々のネイルカラーがほどこされているのが見える。その小さな爪がたくさん、ハンドルの動きに合わせ、機械的かつしなやかな、正しい働きをしている。開いたり閉じたりするそれは、蝶のように見えた。

ぼんやりそんな動きを見ていると「古川」に着いた。

調べたところでは、このあたりはかつて賑やかな市場だったそうだが、高齢化などで空き物件が増え、古いままのテナントに新しい借り主たちが入って、独創的なお店がたくさんできているらしい。相当古くからやっていそうなりんご専門店の間にセレクトショップや音楽専門店などが入っており、一つ路地を入れば小さなバー、立ち飲み屋、小料理屋などがぎゅうぎゅうに並んでいた。

私はいろんなお店を冷やかして、最終的にカフェ併設のスイーツショップに入った。ミルクティーを飲んで一息つき、薄切りのリンゴを何層にも重ねてバラのように模した、見たことのない形のアップルパイを買って帰った。

「亜由葉が青森来てもう三週間も経ったのね」

「あ、もうそんなに経ってましたっけ？」

「毎日何してんの？」

また珍しく早めに起きた華子さんが、昨日買ってきたアップルパイを食べながら前と同じようなことを聞いてきた。

「まだ街見てます、か、ね」

「私も居候させといて、ほったらかしすぎかなと思ったんだけど。ま、亜由葉なりに楽しんでるんならいいんだけどさあ」

どこか不満そうな華子さんの様子に私がなんとも言えずにいると、華子さんはつづけた。

「私が言うことじゃないけど、バイトくらい探すのかなーと思ってたから。でもさあ、私の家に居候してるだけで、それ以外私に何か頼ってくるでもないし、そんなに話もしないし、仕事もしない……」

まるで働く様子がないことを責められるのかな、と私は少し首をすくめた。反論の余地もない。数か月は何も考えず、無職でもいいから新生活を楽しもうと思っていたけど、いくら「自由人」の華子さんでもこんな居候には小言を言いたくなっちゃうかもしれない。

「いや、別にいいんだよ、私の知ったこっちゃないし。でも、亜由葉はこっちに何の縁もないんだし、夜は早く家に帰ってくるから、友達だの、彼氏だの？　も、当然いない、ってわけでしょ。その……、こっちで知り合いとか全然いなくてもいいのかな？　つまんないんじゃないのかなって思って。余計なお世話？」

意外なことを言われた。仕事について責められるわけじゃなかった。

私はいろいろな場所を散歩したあと、早ければ日が暮れる頃、遅くとも八時くらいには帰ってくるのが常だった。それだけでも十分に新鮮な驚きがあったし、今のところ満足していた。

華子さんは仕事が忙しくてずっと家にいる日をのぞけば、たいがい私が帰る頃には家にいなくて、日付が変わる頃に顔を赤くして帰ってくる。どこかに飲みに行ってるのだろうと思っていたけど、私は華子さんの行き先についてはあまり深く考えないようにしていた。

「うーん」

答えに困って私はまた黙ってしまった。

「せっかく亜由葉も青森来たんだから、こっちにけやぐとか作ったほうがいいんじゃないのかなあ。けやぐって分かる？　津軽弁で友達のことけやぐって言うんだってさ」

けやぐ。

私はトラムの車内広告で、地元の印刷会社が津軽弁をユーモラスに解説したものを読んだことがあった。「けやぐ」という単語は、響きからまるっきり「友達」を連想できないので、印象が強くて覚えていた。「けやぐ」は「契約」という言葉に由来するらしい。同じ契約をした仕事仲間、というようなところから来た言葉らしい。

契約とか仲間とか、そういった太い絆を確認し合うようなシーンを私はことごとく避けてきた。いつもいっしょにいるとか、心を割って話をするとか、そんなこと、私に起こりえるんだろうか。

「華子さんは、けやぐ……？　友達、多そうですよね」

はぐらかして聞いてみた。

「まー、私、友達多いよ確かに。ふだんはだいたい同じような子と遊んでるけどね」

何気ない質問のつもりだったけれど、この流れで話を続けると、私があえてまだ聞かないようにしていた部分に踏み込むことになる、と気づいた。華子さんの交友関係のこと。

「華子さんがよくインスタで上げてるような、ちょっと……変わった感じの人たちって、友達なんですよね？」

「ちょっと変わった、って何？」

華子さんは「ちょっと変わった」という表現に少し気を悪くしたようで、私はまた黙ってしまった。

「けやぐ」……契約関係といえるくらい強いつながりの友達をもし作るとするなら、華子さんの周りにいるような人がいい、と私は思っていた。でも、紹介してほしいなんて大それたことは言えなかった。

「ちょっと変わった」は、私としては褒め言葉のつもりだった。私の語彙力では「ちょっと変わった」くらいの表現しかできない、そんな人たちと少しでもけやぐ的な関係になれれば、私は踏み出せる気がする。

私がそんな関係につながるためのわずかな糸口となるイベントが、もうすぐ迫っていた。

青森に来て一か月が過ぎた。トラムで街を行き来したり、疲れたら家で華子さんが大量に持つ漫画を読んだり、私は実に好き勝手に、のんびりとひとりの生活を楽しんでいた。しかし、まるで計画性なくこちらに来た私にも、唯一、これだけは見てみたいと決めていたイベントがあった。急いで四月末で退社して来青したのも、六月のそれに間に合わせたかったという理由も少なからずあった。

六月、青森で「プライドフェスティバル」なる一大イベントが開かれるのである。

地域によって「レインボーパレード」、「プライドパレード」など、様々な言い方があるが、どれも趣旨は基本的に同じ。LGBTQなど、性的少数者の文化を讃え、権利をアピールするお祭である。

私は東京にいたとき、こういったイベントの存在は知っていたものの、さほどの興味はなかった。ＬＧＢＴＱの人たちがレインボー柄の旗を振ったり、ドラァグクイーンの人たちがド派手な衣装で練り歩いたりするイベント、というぼんやりしたイメージくらいしかなかった。

しかし、私は華子さんのインスタを見て、彼女がこういったイベントに関わっているんじゃないかと確信し、俄然興味が湧いたのである。

青森の街なかで撮ったと思われる鮮やかなポートレートには、ドラァグクイーンらしき人もいれば、時々レインボー柄のアイテムを身につけた人もいた。このファッションの感じやメンバーのイメージから、プライドフェスか、それに関連する人たちの写真であることは間違いないだろうと思われた。

そして、この瑞々しい写真を見ているうちに、こんな人たちと少しでも関わりが持てたら、という、私が今まであまり感じたことのない願望がうっすら生まれてもいた。

私は、華子さんのインスタを眺め尽くしたあと、すぐに青森市でのこの手のイベントについて調べていた。こういった趣旨のイベントは、東北地方の都市の中では青森市が最も早く行ったのだそう。そのため、プライドパレードの類のなかでは日本でも五指に入る大きなイベントとなり、青森だけ「フェス」を名乗るようになったらしい。

なにせ、青森は保守的な思想を持つ人たちから「全国で意識がいちばん高い街」と揶揄されるほどの街である。同性婚に代わる制度であるパートナーシップ条例も何十年も前にいち早く導入され、財産分与時や病気の告知の際にトラブルが起きないよう、結婚とほぼ変わらない権利を整備しているのも全国でこの街だけなのだ。国の法的規制の穴を衝くように、婚姻制度や性の多様性について最大限の権利を認めるように計らうというのがこの街の姿勢だった。こういったパレードが歓迎されて大規模になるのは当然のことだろう。

私はYouTubeなどで事前に調べ、青森のフェスがかなり大きな規模で、かつ、非常に平和的な行事であることを把握していた。当事者だけでなく、市民レベルでいろいろな人が参加し、きちんと社会へのアピールも行われ、かなりバランスのいいイベントのように思えた。

いつも乗るトラムの運転士のすぐそばには、いろいろなチラシが差し込まれているポケットがある。私はそこでプライドフェスのビラを発見し、しっかりチェックしておいた。三日間のフェス期間中には、ＬＧＢＴＱに関連する映画祭が開かれ、音楽フェスもあり、社会に存在や訴えをアピールする機会となるパレードも催行されるとのこと。

ただ、私がここにどう踏み入れていくかと考えると、また二の足を踏んでしまう。

私は華子さんがこれに関わっているはずだと根拠なく決めつけていて、これが正解なら華子さんをツテにすることもできる。しかし、華子さんがプライドフェスに関わっているかどうか、そのものズバリ本人に聞いてみる勇気はなかった。そんなことを聞くってことは、華子さんのセクシャリティをズバリ聞き出すことにもなりかねない、と思うのだ。

華子さんのように、三十九歳で独身だということは今どきなんら変わったことではない。だけど、私はなんとなく、華子さんはレズビアンなんじゃないかと勝手に考えていた。その憶測は、いっしょに暮らすうちに少しずつ強くなっていった。

華子さんに彼氏がいるとか、結婚がどうしたとか、そんな話をそういえば私は父からも一度も聞いたことがなかった。BL漫画で世に出た人だから漫画では男性同性愛の話ばかり描いているけど、それはセクシャルマイノリティに抵抗がないということでもある。そして華子さんは髪の色も普段着もド派手で、フェミニンな、いわゆる男受けするようなファッションを全く好まない。家に意外と少年漫画ばかりがあるのも、もしかしたらセクシャリティに関係があるのかもしれない。いつも遅くまで飲んでいるのも、ゲイバーとかレズビアンバーとか、そういうお店で遊んでいるような気がする。そうして遊ぶうちにそういった界隈のつながりができて、インスタに載せているような「ちょっと変わった」友達ができたんじゃないだろうか。

東京では自分のセクシャリティを知られたくなくて、自分のことを知らない遠くの進歩的な街に住んで、レズビアンであることを隠さなくていいようになって、あえて本名でインスタをやって分かる人には分かるようにして、プライドフェスに関わって……そう連想すると、すべて辻褄が合うような気がした。

しかし、もしそういうことを聞けたとなると、当然私自身がどうであるかを明らかにしなければならない、と思った。

その切迫感を想像すると、体の底から慄えるような気がした。

ここ一か月、ひとりで街を歩き見てきたのと同様、まずはフェスの映画祭あたりにこっそり行ってみて、そこに来る人たちの様子を窺ってみたい、と思った。パレードに参加してしまうと、きっといろいろな人と物理的に近くなりすぎてしまう。映画祭くらいがちょうどいい。街と同じで、見るだけでいい。もし華子さんが関わっていることが確かめられたら、その時はその時、考えよう。そう思った。

今年のプライドフェスの映画祭は六月最初の土曜日、アスパムで行われるらしい。まさかこれを機にアスパムに行くことになるとは思わなかった。

関東が梅雨の時期でもこちらは大して雨が降らない。空高くよく晴れた土曜日、私はいつもどおり露草からトラムに乗り、一日券を買った。今日は珍しく運転士が男性で、チャイさんではなかった。

賑やかな「県庁通り」の停留場で降りる。人混みの中には、明らかにフェスの関係者や参加者であろう、レインボーカラーのフラッグを持った人、レインボー柄のマスクをしている人がパラパラと見える。マスク着用の世の中なので、そんなオフィシャルグッズもあるのかもしれない。私は目立たぬよう……目立たないようにする理由も我ながらよく分からないけど、紺のTシャツにグレーのパンツで、マスクはもちろん、キャップまでかぶり、いつも以上に地味なかっこうをしてアスパムに向かった。

三角形の底辺にある入り口から、初めてアスパムの中に入る。一階の広いおみやげコーナーに少し気が惹かれつつも、会場と指定された三階に上がった。

すでに上映室は開場していた。そこにとどまって人を観察してみたかったけれど、立ち止まって変に目立つのも気が引けて、誘導されるまま、すぐに暗い上映室内に入ってしまった。


映画、おもしろかったなあ。

これといって見たい作品があるわけじゃなかったから、チラシに載っていた作品で気になったものからタイミングが合いそうなものを選び、韓国のトランスジェンダーを描いたものを見た。最終的には少し希望の持てるラストになっていて、じんわり心が温まった。よかった。

……なんて、一人で反芻していて、ふと、私はここに来て何がしたかったんだろうかと我に返った。

閉演後、見終わった人と次の上映を見に来た人で、ロビーはごった返していた。ここで華子さんを仮に見つけたところで、どうせ私はまた姿を確認しただけで身を隠すだろう。それとも、映画を見に来ただけで友人でもできると思ったか。

モヤモヤしながらその人波を眺めていると、視線がある一点で止まり、動けなくなった。チャイさんがいる。

ふだんの制服とは違う、鮮やかな黄色いトップスにロングスカートを合わせたトラムのチャイさんが、ひとりでスマホを見ながら立っている。もちろんふだんの制帽もかぶっておらず、髪をざっくりと頭頂部で一つにまとめてお団子にしているが、あの髪色、ベージュ色のマスクの上に見えるあの濃い眉はまちがいない。

ふだんなら逡巡するところ、私は吸い込まれるように近づいてしまい、後先考えずに話しかけていた。ところが、「あの、」と言い出したものの、そういえば名前も知らない。

「はい……？」

「あの、いつもトラムで」私が話しかけるのをさえぎって、チャイさんは「わい！　ケンちゃん！」と叫んだ。

「えっ？　ケンちゃん？」

まるで覚えのない名前で呼ばれて、次の言葉が出ない。

「あー、ごめんなさい！　違ったぁ、ケンちゃんじゃない！　あはは、ごめーん！　あははは！」

チャイさんは津軽訛りでまくしたて、笑いつづける。

「ごめん、私、あんたに勝手に名前つけで。いっつも一日券買うはんで《から》『いちにちケンちゃん』って呼んでで、もう最近略して『ケンちゃん』ってなってまって、つい口から出てまったじゃ。男子小学生みたいな名前つけでまったぁ。ごめんなさーい！」

「いちにちケンちゃん！　ふ、ふふ……私もあの、勝手に名前つけてたので、おあいこかも、です」

「えっ何？　私、なんて名前なんですか？」

「髪がチャイみたいないい色だなって思ってたから、チャイさんって……勝手に、ごめんなさい……」

言ってすぐに猛烈に恥ずかしくなり、顔が発火する。

「えーめんけぇ名前《かわいい》！　ケンちゃんより数倍マシじゃん」

「あの、すいません、いきなり声かけちゃって。ひとりで来たんですけど、見かけてびっくりしたから、つい」

「私もひとりだはんで！　えー、こういうイベントも来る人なんだ〜。ねえ、今の映画の主人公、超オシャレじゃねがった？　私すぐ検索してまった」

「あっ、うん、分かる！　すごいよかった！」

屈託なく話しかけてくるチャイさんに、私もついタメ口になる。

「あの、ケンちゃん……じゃねえわ、お名前なんていうんですか」

「たんげめんけぇ名前じゃーん、全然ケンちゃんじゃねがった、あはは」

「水越、亜由葉です」

「たんげ……」

「すっごいかわいいってこと」

「はは、ありがとうございます……」

「私はね、乳井《にゅうい》シズカです。でも別にチャイさんでもいいけど」

「シズカさん」

ふだんチケットのやり取りしかしないトラムの運転士さんと、プライベートのこの場で出会って、ごくふつうに話をしている。予想もしない状況に少し頭がのぼせていると、その頭を引っぱたくような大きな声で後ろから呼びかけられた。

「えっ亜由葉、だよね？」

華子さんだった。

「なんでここにいるの？」

やっぱり華子さんはここにいた。予想通りだ。しかし、つい私がシズカさんに話しかけ、ロビーのよく目立つところに来たせいであっさり見つかってしまったのは予想外だ。

「なんか、こういうイベント来てみたいなって思って……」

しどろもどろで答える私を「ふーん」と流して、彼女はシズカさんに目を向けた。

「……あれ？　お友達？」

「えーと、うーん、今日会ったばっかり、というか」

状況がややこしいので、とりあえずシズカさんに華子さんを紹介することにする。

「こちら、華子さんって言って、私の叔母で。いま同居させてもらってるんです」

「はじめまして。乳井シズカです。えっとー、ただの映画祭のお客です」

「あ、私、本名は華子なんだけど……」

そう言って華子さんはバッグをごそごそとあさり、「ここでは漫画家のほうの名前で、

『花田さん』とか『ハナちゃん』とか呼ばれてるから、そっちでいいですよ」と言って、シズカさんに名刺を渡した。そして、「ついでに」と、私にも初めて名刺を渡してくれた。

名刺には漫画家としての名前「花田霊」が書いてある。その横にある肩書きは「漫画家／各種デザイン」、そして「青森プライドフェス実行委員」。

シズカさんは「へー！　漫画家さんなんですねえ」と感心し、そして、華子さんをまじまじと見て「ああ、んだぁ、やっぱ運営されてますよね？　何回かお見かけしたことある気がして」と言う。

「肩書きは偉そうなんだけど、運営っていうほど中心にいるわけじゃないんですよ。お手伝い以上、運営未満くらいかな」

華子さんがフェスに関わっているという予想はしていたけれど、名刺に載せるほどしっかり運営側にいるとまでは思わなかった。私が驚いていると、華子さんは「だってこのフライヤー、私のデザインだよ」と言って、折りたたんだフライヤーを広げながら言った。言われてみれば華子さんのセンスっぽい気もする。

「なーんだ、そっかあ、亜由葉ってこういうとこに興味ある子だったの！　じゃあ、少し紹介させてよ、ちょっとこっち来て」

華子さんはスキップでもしそうな勢いで会場の隅の方へ消えて行った。私とシズカさんは引きずられるように華子さんの後を追った。華子さんは関係者用通路をくねくねと早歩きし、だいぶ奥まったところにある殺風景な事務室に入っていく。

「ねえ、ちょっとみんな！　私の姪っ子が来たから紹介していい？　って、そっか、いま出払ってるのか」

　華子さんは部屋に入るなり大きな声を出したけれど、そこには関係者らしき人が二人しかいなかった。それでもテンション高く、その場の人に私を引き合わせようとする。私も素直に自己紹介をすることにした。

「あの、初めまして、水越亜由葉と言います、叔母の家に同居させていただいてます。今日初めて映画祭に来てみました」

「あらどうもどうも初めまして、工藤です、一応映画祭の部署の委員長やってます」

　落ちついた口調の工藤さんは白髪に近い短い金髪で、背は低いけどガッチリした体格をしていた。布マスクをしているので顔つきは分からないが、おそらく五十歳くらいで、顔つきもファッションも中性的。今回のフェスのフライヤーに顔写真が載っていた人だ、と気づいた。

「アタシね、亀田です、カメちゃんでいいよ。一応映画祭の広報だばって《けど》、まあ使いッパよ、あははは」

カメちゃんはおそらく工藤さんと同年代で、短髪で痩身。ケバケバしいレインボー柄のタンクトップを着て、よく日焼けしていた。なんとなく、ゲイなのかな、と想像した。

「え、そっちの子も姪っ子さん?」

カメちゃんがシズカさんを指す。シズカさんは臆せずペラペラと「なんか、流れで来てまったんだばって、さっき亜由葉さんさ会ったばっかのただの客です」と笑いながら言った。

「まさか私も亜由葉がここに来てるとは思わないから! 勢いで紹介しにきちゃったわ」

華子さんは妙に嬉しそうに私に言う。思わぬ展開に落ちつかない気持ちだけど、私もまさにこんな状況を目指していたのかもしれない。私は少し華子さんに笑顔を向けた。

「いやありがたいよ。姪っ子さんがこっちさ来るっていうの、ハナちゃんがら聞いでだんだばって。青森さ新しぐ来た大学生とか若い子とか、もっとフェスさ来てほしいはんでね。ようこそ青森プライドフェスへ、へへへ」

工藤さんは一本調子な喋り方だけど、大げさに歓迎してくれる。

「ハナちゃん、今日早めに上がれるはんで飲みに行ぐがってだー《つもりだったでしょ》? 映画あど一本上映終わってわんつか《少し》片づけだら古川のマキさ行ぐべ。いっしょに飲みにいぐ?」

カメちゃんが流れるように私たちも誘ってきた。私はおどおどしたままの態度で「……

行きます」と言った。シズカさんも乗り気らしい。

華子さんに乗せられて、なぜかシズカさんといっしょに撤収作業を少し手伝ったあと、日が暮れかけた頃に五人のグループは飲みに繰り出した。華子さん、工藤さん、カメちゃん、シズカさん、私。街なかをぶらぶら歩いて、このあいだ私がひとりで歩いたばかりの古川へ。私が気づかなかった細い路地にもぎっしり小さな飲み屋が並んでいる。華子さんは迷うことなくそのややこしい道を進んで、立ち並ぶ小さな店の中の一つ、「マキ」と小さく看板の出ているドアを開けた。

「あ、ハナちゃんお疲れぇ」

お店は六十歳くらいの女の人がひとりで回しているようだった。華子さんは常連なのだろう。奥に長い店内は、右側に向かってカウンター席が並び、左側には二人掛けのテーブル席が二つしかない。こぢんまりしたお店だ。

「あれ、カメちゃんと工藤さんもが。久しいなあ。そぢの人は?」

華子さんは場を取り仕切る。

「この子がシズカちゃん」

「マキですー」

「シズカです、こんばんは」

「それでこっちが私の姪っ子で、亜由葉」

「あれ！　ハナちゃんこった大っき姪っ子さんいるんだなあ、わいー」

「ハイ、よろしくお願いします……」

私たちはカウンターに横並びに座り、形だけしているマスクをさっさと外した。店主のマキさんは初めからマスクをしていない。屋外では身につけていて室内に入って全員が外すというのは本末転倒で、少し可笑しくなる。

なにげなく横を見ると、当然シズカさんもマスクを外していた。私はこのとき、初めてシズカさんの鼻から下を見た。

シズカさんはカウンターのすぐ左隣の席にいたので、真横からの角度でしか顔が見えない。逆光で、輪郭が輝いている。こんな顔なんだ。このご時世、初対面のときからマスクを外す機会がなく、しばらく経ってから容貌が分かることなんて珍しくない。そんなとき、わざわざ「そんな顔なんですね」って言うのは野暮だ。容貌のことになんて言及しないのがこの時代だ。その野暮な、うわっついた言葉を、私は頭の中で何回も繰り返した。わあ、こんな顔なんだ。こんな顔なんですね。

「今日、なんがあったんずな？」

マキさんが聞くと、すぐにカメちゃんが「プライドフェス。マキさんも連れでったことあるっきゃ！　わー、こった派手だカッコしてらはんで分かりやすーべ」と返す。

「あー、んだのがー。オラぁ、あァやって集まるの好ぎでねんだいなあ。たんげだ人数だば、かちゃくちゃねっきゃ。前だばついで歩いてだばって、たんげだばなぁ、めぐせくってなあ。あんべわりっきゃ。わいわいわい、オラだばまいね。かちゃくちゃね」

マキさんは手加減のない津軽弁だった。お手上げだ。

華子さんはここで、私とこのグループとの仲をもう少し取り持ってくれるのかと思ったら、いちばん奥の席に陣取ってしまった。その右隣にカメちゃん。基本的にテンションの高い華子さんとカメちゃんはどんどんお酒を空けて、その二人はマキさんとばかり話が盛り上がっていた。やっぱり華子さんは良くも悪くも気づかいをしない人だ。その手前、五人のまんなかの席になったシズカさんはウーロンハイを頼み、カメちゃん側を向いて時々話に割り込んでいる。

私はシズカさんの右隣。工藤さんはその隣の華子さんからいちばん遠い席になった。工藤さんはお酒を飲まないらしい。私もアルコールが好きではないので、工藤さんに合わせてノンアルコールカクテルを頼んだ。

話す相手が工藤さんになってよかったかもしれない。華子さんがプライドフェスのコミュニティの中でどんな人だと思われているのか、私は気になっていた。

「工藤さんは、叔母とは長いおつきあいなんですか？」

「うん、ハナちゃんがこっちさ来てわりとすぐ。もう九年ぐれぇになるべがなぁ」

「意外でした。叔母が工藤さんみたいなちゃんとした方とフェスの運営に関わってるって」

「なもなも。私、ちゃんとしてねぇよ」

工藤さんは笑いながら少しウーロン茶を飲んで、一瞬華子さんに視線をやってから、笑顔のままで続けた。

「それでも……ま、ハナちゃんよりはちゃんとしてるが。正直、ハナちゃんさ最初あんま関わってほしぐねぇって思ってだぐれぇだはんでの。ははは」

「え？　そうなんですか？」

白に近い短髪の金髪が、黄色っぽい照明の下で輝いていた。その髪を見ているうちに、あっ、工藤さんってチラシで見るより前に華子さんのインスタで見たことがあった人だ、と今さら気づいた。

「いんや、ハナちゃんなぁ……、いや、こったこといぎなりバラすのもハナちゃんさ悪りぃが」

工藤さんは言いかけた言葉を飲み、話を変えた。

「亜由葉さん最近こっちさ来たって、それ仕事がなんがでが？」

「あ、いえ……うーん」

またクセで、華子さんに話すときのように口ごもってしまった。前に「自分探しのために来た」なんて言ったことが急に思い出されてカッと顔が熱くなる。工藤さんにはきちんと言ってみよう、と気を取り直した。

「正直に言うと」

「うん」

「このプライドフェスが気になったから、っていうのがあります」

「えっ？　なしてまだぁ……東京さもあるべな。東京のほうがでっけぇし」

「こっちが良かったんです。あ、でもそれだけじゃなくて。なんだろう、あの」

言葉を素直に、しっかりひねり出そうと思った。

「叔母がインスタに上げてた写真が、とっても良くて。私、自分が何がしたいかとか、何者かとか、考えることをずっと避けてたので……。叔母がたぶんプライドフェス関係の写真を撮ってる、ってこないだ気づいて。しかも叔母もわざわざ知らない青森に飛んでそういうことをやってるってことに、ああこういうのいいなって、叔母の自己肯定感かっこいいなって。私もこういう風に、自分に肯定感を持ちたいんだなって。私自分のことすごい嫌いだから、そういう気持ちを持ってる人にもっと接して、そしたら自分も……えっと」

全くまとまらないまま言葉を引きずり出し、文法もぐちゃぐちゃになってしまった。本音を話そうとすると、すぐ涙が出そうになってしまう。だから私は人とあまり話さないできたんだ。

「んだんだー《そうなんだ》、それだばまさに『プライド』だな」

ちょっとドライな調子で工藤さんが言う。

工藤さんが何か言いたげな気がしたので、少し突っ込んで聞いてみたくなった。

「あのう、なんで最初、フェスに叔母がかかわるのが嫌だったんですか?」

工藤さんは「うーん」と唸りながらグラスを指で撫で、「これ、みんな知ってる話だから喋ってまるばって」と少し言い訳をしながら、笑顔を作って訥々《とつとつ》と語り始めた。

「ハナちゃんな……、東京さいだどき、あるゲイバーさ入り浸ってで、そごのママのこと大好きだったはんでなぁ。だばって、相手がゲイだはんでなぁ、いわゆる男女の恋愛じゃねぇわげよ。そごのママさもパートナーいだはんで、そのカップルごと好きだったっつうが。あんまいい言葉じゃねぇけど、昔の言葉で言えば『おこげ』だっきゃ」

予想もしない話が次々と出てくる。私は言葉も出ない。

「そいで、そのゲイバーのママが家《え》の事情で、実家さ帰るってことさなってまって。実家青森だはんでさ、このあだりでまんだ《また》店やるってことさなったんだばって。したっきゃ、そのパートナーどごろが、ハナちゃんまでついてきたはんでなぁ」

「えっ！」

私は思った以上に大きな声を上げてしまい、全員がこっちを見た。すると工藤さんはこともなげに華子さんに向かって「ハナちゃんが青森さ来だどきの話ぃ！」と叫ぶ。

「あーあたしの……えーもうやだ、亜由葉にもバレるのかぁ」

やだ、といいながら華子さんはそこまで嫌そうでもないので、私はまた工藤さんとの話に戻る。

「え、それで、どうなったんですか」

「んで、そのカップルがこっちさ来て店始めだんだばって、すぐケンカさなって別れでやぁ。片方は東京さ戻ってまって。したはんで《だから》、ハナちゃんもそごで人間関係こじれでまって。そいで、別の所《どこ》で誰だかゲイカップルど知り合いてぇみてぇな、そった不純な目的でイベントさ絡んでこようとしたんだよな」

「……本当に不純ですね」

「だっきゃー。私、そういう面倒な子だって知ってだはんで、最初断っだんだいな。そいでもほら、漫画家さんだべ、イラスト頼む人とかもいでさ、なんだかんだで、つけらっと関わってくるようになって。そいで、私も少し見直した頃に、今度は急に好きな男できだはんで結婚するって言って全然来ねぐなってや。たんだでねっきゃ！」

工藤さんは終始笑いながら話しているけれど、想定外の話が次々に出てきてついていくのが精一杯だ。「結婚」の単語にはさすがに一旦息継ぎをしたくなって、「えっ、あの、ていうか……け、結婚してたんですか、えっ！」と必死で差し挟んだ。

「わいー、知らねぇがー。事実婚なんだべがなあ。そのへんは私も聞いでねぇはんでね。そいでもすぐ別れだんだよな。ダンナど別れだどぎ私も慰めだんずや。私もいろいろあってハナちゃんさ組ったこともあったし、長ぇつぎあいだね。ハナちゃん、うだでぐ《すごく》勝手だばって、まあおもしぇはんで《おもしろいから》、しょうがねんだ、アッハッハ」

私は、華子さんのストーリー、因果関係を、勝手にきれいに組み立てていた。自分のセクシャリティを知られないように青森という街に移り住んで、レズビアンであることを隠さずに自分らしくプライドフェスに関わって……そんなことは、まったくなかった。レズビアンじゃなかった。私の浅い、薄っぺらい予想は、まったく外れていた。

華子さんはゲイカップルの追っかけで青森に来た。ほかのゲイカップルと関わりたくてフェスに顔を出した。しかもその後、別の男に夢中になって、結婚まで考えた。なにそれ。むちゃくちゃじゃん。思い込みの外れっぷりに、私は笑えてきた。

「亜由葉さんはハナちゃんのことばすんげぇ尊敬してらみてぇだはんで、言っていいが迷ってまったな。ハナちゃんは勝手で、わんかほんずねっきゃ《ちょっとアホな子よ》。わんつかな《ちょっとね》。そいでもいいんだいな。へへへ」

「そう！　超勝手だよ、私！　ほんずなしですけど何か！」

マキさんと話しているはずの華子さんはこっちにも聞き耳を立てていたようで、真っ赤な顔をして遠くから野次を飛ばしてくる。

「自分の否定ばし《ばかり》してらってなればいねぇばって、わざわざ肯定感ば高めようとしねぐてもいんでねんだが。みんなけっこういい加減だっきゃ。ほんでねばまいねー《こうでなきゃダメだ》、とか思ってれば、大変だっきゃ」

吐き出す先のない本音を溜め込んだ体が、培った価値観が、ぐるぐる回るような気がした。

「そいで、シズカさんど亜由葉さんは何の知り合いだっきゃ？」

工藤さんはちょっと一息つき、華子さんとカメちゃんの会話の輪に入りきれずにいるシズカさんに気を遣って話しかけた。

「あ、私？」

くるっとこっちを向いたシズカさんの顔を、私の目が初めて正面からとらえた。思ったよりも鼻が高くて、その下にちょっと乾燥した薄い唇が控えている。もうお酒でだいぶ顔が紅潮している。あまりに近いので、その肌の質感と、肉づきの量感をつい目で測ってしまう。

「えっと、知り合いっていうか……」。あわてて我に返り、私がどう言うべきか困っていると、「知り合いっていうか、なんでしょうね？」シズカさんはじゃれるように首をかしげながら笑いかけてきた。

シズカさんはニコニコしながら答えない。私が説明するしかないのか。

「シズカさん、トラムの運転士さんなんです」

「そうです〜！」

酔ってるせいかシズカさんの声が大きい。とまどいつつも、続ける。

「私がいつもトラム乗るときに会うから、なんかお互いに覚えちゃった、みたいな」

「わいー。ふつうながなが運転士さんば覚いねぇいな！」

工藤さんの津軽訛りがどんどん強くなってくる。もう少しでヒアリングが厳しくなりそうだ。

「ですよね……私、いつも一日券買うから、たぶんそれでシズカさんにも覚えられて」

「だって、そった人いねぇじゃないですか。定期券とかでもなくて、毎回会うたび一日券なんですよ！　そんなの覚えるじゃないですかぁ、珍しっきゃー」

シズカさんが可笑しそうに話すので、私もつい冗談っぽい返しをしたくなった。

「ていうか、トラムの運転士さんで若い女の人っていうのも珍しいじゃないですか！」

すると、シズカさんは「えっ？」と、明らかに驚きか、あるいは不快感を滲ませた反応をした。あれっ、そんな変なこと言ったっけ、と一瞬ヒヤッとする。

「そう？　今どきそったこと言う人いねぇよ。東京だばそったもんなの？」

純粋に疑問、という感じでシズカさんが聞いてきた。

「ああ……、そうですね、東京の電車とかだとほとんど女の運転士さんは見ないですね」

「んだがー《そっかぁ》。青森トラムの運転士、男女比だいたい半々だばってなぁ」

トラムに女の運転士が多いと感じていたのは正しかったんだ。私も純粋な疑問として、シズカさんに聞いてみたくなった。

「なんで運転士になろうと思ったんですか？」

「うーん、昔っから青森で育ってらはんで親近感あって、ちょっと憧れはあったばって、そいでも、高校出たどきに選択肢の一つで応募したっきゃ通ってまった、みてぇな感じだなぁ」

「女の人で、選択肢の一つで運転士か……。すごいなぁ」

「女の人で漫画家なんてすごいなぁ、とか言わねぇでしょ?　なんもすげぐねぇよ」

そう言われて、女の人で運転士だから「すごい」と思ったのか、この街で生まれてこうして自然な選択として運転士をすることに「すごい」と言ったのか、分からなくなった。あるいは、運転士として見ているときには分からなかった、こうして日常で話すときのシズカさん自身から滲み出る屈託のなさに、つい「すごい」と言ったのか。

「シズカさん、何回もフェスさ参加してらの?」

工藤さんが聞く。

「毎年ってわげでねんだばって、彼女がいだどきだば——あ、私ビアンなんですけど、パレードにもよぐ行ってだんすよ。でも悪りばって《申し訳ないけど》、おととし別れでがらだば、絶対元カノさ会ってまるなあと思ってパレードさは行げでねんだよなあ、ふふふ。でも映画だばいいのやってらはんで、映画祭だけは行きたくて、ひとりしてふらっと」

「映画、いいべ?　ありがとなあ」

シズカさんはあまりにもサラリと「ビアンなんですけど」と言った。こんなに軽くレズビアンをカミングアウトする人を私は初めて見た。その流れるような言葉が、私の喉を貫いてきたような気がした。

ここにいるみんな、自分のことについてはこんな調子でスイスイ話すというのに、誰も私には一線を越えたことを聞いてこない。私もここにいる人たちの屈託のなさに応じて何か言わなきゃいけないのか。いや、そんな焦燥感は嘘だ。ここは、言いたくないことは言わなくてもいい場なのだ。

なんてことのない平和な会話が続いて、工藤さんがぽつりと言った。

「あたしふだんトラムさ乗らさんねんだいな。家遠いし戸山のほうだはんでな、地下鉄ばし《ぱっかり》で。シズカさん運転してらの見に行がねばなー」

「そいだば早ぐ乗りに来てけろ！　トラム、なくなってまるかもだはんで」

「ハァ!?」

また私がすっとんきょうな声を上げて、全員がこっちを見た。

「全部ではねぇっぽいけど。最近地下鉄の新しいのできだでしょ、そいで2号線とかだば要らねんじゃやねぇ？　って話出てらんだよなぁ。なんぼ新しい融雪システム入れだどごろで大雪のどぎだば止まってまることも多いしな。だいたい、遅えし！　効率効率の世の中だはんでや」

シズカさんは呆れ笑いを浮かべながら言った。

私にとってすべて理想化されたようなこんな街でも、「効率化」なんてことを考える人がいる。それは当然だろう、効率をよくすることは一般論として何も悪いことじゃない。

不要なものがなくなってしまうのは、必然ではある。

でも、私はトラムをなくしてほしくない。なぜだろう。なんのため？　それが社会の役に立つから？　あったほうが世の中が良くなるから？

理屈をこねれば、そういう論理も成り立つかもしれない。でも、それは後からついてくることだ。私は私のために、私のためだけに、トラムをなくしたくない。ただのわがままで、なくなってほしくないからなくしたくない、そう思う。露草でシズカさんから一日券を買い、後ろからシズカさんを眺めながらのんびりとトラムに乗っていたい。そう願うことは悪いことなんだろうか。

華子さんはまるで社会的意義とは関係ないところから、自分のわがままのためにこのフェスに関わった。私も、「自分探し」のために、自分のためにフェスに顔を出した。工藤さんはどうだったんだろうか。シズカさんは。


その晩、私はシズカさんの夢を見た。私とシズカさんがトラムを借り切って、なんらかの主役になってパレードをする夢を見ていた。シズカさんはしっかりと制服を着て、胸に白い花のコサージュを挿していた。彼女がトラムを運転し、私はそのトラムの屋根に座っている。私は風にそよぐシンプルな白いワンピースを着て、これ以上ない安心感に包まれて足をぶらぶらさせていた。

トラムは色とりどりの花で飾られ、ゆっくりのんびり、人が歩くのと変わらないスピードで、私を受け入れる青森の街を進む。海が見える。角を曲がると、いちばんの繁華街になる。その沿道には、どこから現れたのか、老若男女の観衆が私たちを歓迎している。全員が曇りのない笑顔を浮かべて、私たちを祝福している。

この人たちは何？　と私がシズカに聞く。シズカは、みんなけやぐだよ、と言う。シズカのけやぐなの？　ううん、私たちのけやぐだよ。みんな。

目が覚めたときには、涙がにじんでいた。そのままその涙はあふれて流れた。しばらく私はふとんに顔をうずめて泣いた。

こんな華やかな夢を見たのは初めてだった。私は、わがままになりたい、私はもっと私のわがままのために生きたいと強く願った。

しばらく泣いたあとに私は呼吸を整え、昨日教えてもらったばかりのシズカさんのＬＩＮＥに、今度休みの日にトラムで県美に行きませんか、どうしてもいっしょに見たいものがあるから、と勢いよく送った。そしてまたふとんに顔をうずめた。

本書は、日本初の鉄道が新橋～横浜間に開業した
一八七二年一〇月一四日から一五〇年を迎えることを契機に立ち上げた
「鉄道開業１５０年 交通新聞社 鉄道文芸プロジェクト」の
一環として制作した短編集です。

作品はすべてフィクションです。
実在の人物、団体等とは関係ありません。

鉄《てつ》道《どう》小《しょう》説《せつ》

二〇二二年一〇月六日　第一刷発行

著者
乗代雄介
温又柔
澤村伊智
滝口悠生
能町みね子

発行人
伊藤嘉道

発行所
株式会社　交通新聞社
〒一〇一-〇〇六二
東京都千代田区神田駿河台二-三-一一
〇三-六八三一-六五六〇（編集）
〇三-六八三一-六六二二（販売）
https://www.kotsu.co.jp/

DTP
小田光美

印刷・製本
図書印刷株式会社

ISBN 978-4-330-06422-2